风岸

敢峰诗集

THE POETRY OF WIND SHORE

舒风 编

中国華僑出版社

图书在版编目(CIP)数据

风岸·敢峰诗集/敢峰著. — 北京:中国华侨出版社,2013.6
ISBN 978-7-5113-3690-3

Ⅰ. ①风… Ⅱ. ①敢… Ⅲ. ①诗集-中国-当代
Ⅳ. ①I227

中国版本图书馆CIP数据核字(2013)第128533号

风岸·敢峰诗集

著　　者:敢　峰
编　　者:舒　风
出 版 人:方　鸣
责任编辑:高福庆
封面设计:唐　群
经　　销:新华书店
开　　本:600mm×1000mm　1/16
印　　张:32　字数:245千字
印　　刷:北京中创彩色印刷有限公司
版　　次:2013年7月第1版　2013年7月第1次印刷
书　　号:ISBN 978-7-5113-3690-3
定　　价:48.00元

中国华侨出版社　北京市朝阳区静安里26号通成达大厦3层
邮编:100028
法律顾问:陈鹰律师事务所
编辑部:(010)64443056　传真:64443979
发行部:(010)64443051　传真:64439708
网址:www.oveaschin.com
E-mail:oveaschin@sina.com

但愿秋蝶化春蚕

但願秋蝶化春蚕
常留锦绣在人间
针针织出长征路
画给后人仔细看

敢峰

目 录

敢峰：我与诗

一 多娇江山燃诗情

目　录

二　景山情与天竺月

目 录 |

三 碧水云天吹短笛

目　录

目 录

目 录

目 录 |

四 更羡海天一飞鸥

目 录

目 录

目 录

目　录

目　录

目 录

目 录

目　录

目 录

目 录 |

六 黎明前后之留痕

七 早年的叙事长诗

忆　往

敢峰：我与诗

早年，我曾喜爱过诗，也写过诗。用诗的语言说，诗是我早年的“恋人”。

1939年底小学毕业后，我在湘南一座小山城上了一年私塾，读过一些旧体诗。从此便爱上了诗，并懂得了一些平仄和韵律的知识，但不曾写诗。终我一生，最喜欢的古诗是刘邦的《大风歌》。虽然他不是诗人，连文人都不是，但他这首大气磅礴的诗是诗人写不出来的。所以我从小并不迷信诗人，也不愿拘于韵律这一套传统的诗规。抗日战争胜利后，进入武昌私立华中大学（华中师大前身）中文系，我的第一篇作文是按旧诗规矩写的《咏菊》：“小园寂寞月为邻，剩此西风劫后身。傲骨由来归造化，深秋独作十分春。”没想到竟得到了林之棠教授的青睐，居然拿到课堂上讲评。当时我真有点受宠若惊，从此就持续写诗填词，记满了一个本子（可惜在“文革”中毁掉了），现在只记得“仰削青天落芙蓉，一曲万山皆飞起”和“斩长鲸此去天涯，懒把桑麻细话”等诗词残句。此后又转向写白

又在想什么

话诗，在一次作文考试中，我竟以诗代文写了一首题目为《路》的诗（现只记得开头的一段：路/披着一身烂叶/在原野上乱窜/河流拦住了它的去路/却被桥一把抱住了腰/……）。我在惴惴中不仅未受到批评，之后竟得到了毕奂午老师（诗人）的夸奖。从此，我写白话诗的劲头更高了，抒情的、言志的、象征的都写，不受拘束，纵情挥洒，《无题》和《瀑布》就是其前期和后期的代表（曾分别在《武汉时报》和《大刚报》上发表）。在武汉解放前后那一段时间里，在《武汉时报》的副刊上曾多次发表过我的诗，其中《扬子江，我的母亲》占满了整个一期副刊。一时间，有些人还曾视我为武汉诗坛上一颗冉冉升起的新星。由此看来，在青年时期我与诗确实是有缘的。说心里话，当年我真有点“春风得意”，心中揣着一个做诗人的梦。

1950年调到中共中央中南局工作后，我一头钻进教育工作的新天地，心不旁骛，只读马列，不读诗也不写诗了。大区撤销后我调到北京，在中央宣传部工作，出差外地的机会多了。因而，在当时沸腾岁月的感染下，情不自禁地又写起诗来（积了一大摞，其中

山寂可医聋

很多毁于“文革”），而且是清一色的白话新诗。由于这些诗在诗风和格调上不符合当年诗的潮流或者由于水平低，一首也没有在报刊上登出过，叙事长诗《长江怒涛》也被出版社退回。倒是写的各种散杂文章，见诸报刊的不少。不走诗运走文运，使我与诗也渐行渐远了。不过胸中诗情诗意犹在，便自然地流淌到一些文章中。《人的一生应当怎样度过》和《教学小品》就是明显的例子。知我者谓我为“未浮出水面的诗人”，其实我已同这位早年“恋人”分手多年了。无缘啊！这个时期我写的诗全都那么差吗？也不见得。例如：《去吧，亲爱的勘探队员》，有人批评它是小资产阶级情调，我横看竖看，总感到写得还好，真弄不明白“小资产阶级情调”究竟是什么。说心里话：如果不是我写的（实际上我已记不得和认不出是我写的了），我要投一票，说它是当时年轻人恋情的时代绝唱。难道不是吗？

往事已矣。由于各种原因，我虽爱诗，但后来变得志不在诗，把诗作为业余的业余，这期间还有二十年很少写诗。用进废退，这是自然法则啊！1995 年离休后，特别是 2007 年离开力迈学校后，有机会到外地

径幽可健胃

旅游，江山点燃诗情，每到一处总要写下几句留作纪念。不写流行的白话新诗，也不是写传统意义上的旧体诗，非新非旧，亦新亦旧，旧中有新，新中有旧，新旧一体，不拘一格。但追求笔随意转，神采飞扬，气韵流畅，水天一色。《滇北诗草》《台湾、香港纪游》《黔蜀行》《武汉行》《山西行》《京西行》《广西行吟》和《碧水云天吹短笛》《更羡海天一飞鸥》等都可属于这一类。这是我写诗的最后一个高潮阶段，在《中华辞赋》和《孔雀台》等刊物上也发表过一些。虽然这一大批诗质量参差不齐，题材、情趣和风格各异，却像星有明晦，山有高低，河有湍缓，花草树木相杂，天然成趣。作为诗苑，也有一个生态啊！

什么叫诗？我真的说不明白，甚至越说越糊涂。不过它一定是语和文之极精粹、极美者也，而且是从心底流淌和喷涌出来的或志、或情、或意，同境和韵融为一体的结晶与升华。在韵中我更注重意韵和气韵，意之所至信马由缰，纵情挥洒，不为形韵和音韵所拘，故在诗中不时出现“我歌月徘徊，我舞影零乱”（此处纯属借用，与李白原诗意无关）等音韵失调、形韵零乱的情况，然亦能不失其致。这固然暴露了我写旧体

在阿里山

诗的根底浅和功力不足，同时也与我从小读字音不准有关。不过，为了写诗要我“戴着镣铐跳舞”，即使赠我“诗人”桂冠，我也不会干的。虽然也写过一点讲求平仄韵律的诗，包括填词，只不过是学习罢了。

我的大量诗稿是老友舒风搜集和保存起来的（包括其他许多文稿），我真是从心底感谢他。前些日子，他提出要编《敢峰诗集》。我想也好，那就还是请舒风编吧。让“没有浮出水面的诗人”浮出水面，大不了是献个丑：此人不够诗人的“格”。其实这与够不够“格”有什么关系呢？不是诗人也可以写诗，出版了诗集也不一定就是够“格”的诗人。如鱼饮水，冷暖自知，只要有自知之明，比什么都好。为此，我又写了一首《未了情》：“峡底观日出，长空摘星辰。莫谓天地阔，诗是未了情”。

改革开放以来我写的诗，概括起来大体上可形容为“三支轻骑”，即“江山点燃诗情”、“景山情与天竺月”和“碧水云天杂咏及其他”。再加上早年在“文革”前沸腾岁月中写的白话诗和长篇叙事诗《长江怒涛》，就形成了全书的骨架。未料 2012 年又跌入诗河，真可谓诗兴勃发，俯仰皆诗，一年间得诗约二百首，

歇一歇

除《广西行吟》外，均编在一起，另立栏目曰“更羡海天一飞鸥”，实则是“碧水云天杂咏”的续篇。至于“黎明前后”我在武汉写的一批诗，找不到了（舒风还专门到国家图书馆查找过），只好作罢，仅将残存的一点儿作为“留痕”编入，给读者留下了想象的空间，也算是个“缺陷美”吧！

未了，打油八句，作为此文的结束语：

三支轻骑进诗山，江山如火燃胸间，
更兼景山天竺月，家住云天笔未闲。①
沸腾岁月虽早逝，往事并未如云烟，
今请舒风编诗集，再增长江怒涛篇。

【附记】：我少年时，偶读林则徐“海到云边天作岸，山登绝顶我为峰”诗句，即喜“岸”与“峰”，心向往之。及长，乃以“峰”明志，并用“敢峰”为

① “景山”指景山学校。“天竺”指北京天竺开发区，力迈学校所在地。“云天”指“碧水云天”社区。敢峰曾先后任北京景山学校和力迈学校校长，进行教改实验，退下后，居住在“碧水云天”社区。

今朝

笔名，而“岸”却被冷落了多年。有感于此，近日我写了一首《未了情》的诗：“峡底观日出，长空摘星辰。莫谓天地阔，诗是未了情”。这次编诗集，研究书名时又触及此处，在方鸣力荐下，最终舍弃《心岛》（《心岛无涯》）、《长风》、《今朝》（《看今朝》）等选项，决意以《风岸》名之。并作诗将数者融为一体曰：“心岛无涯风为岸，江水无情岸有情。谁人借得天边月，伴我今朝风岸行。”峰岸相望，此人生之极致也。虽尚未能逮，当在有生之年努力为之。是为记。

敢峰

2011年6月12日

于碧水云天

2012年12月31日修改

一 多娇江山燃诗情

游白头山天池（七绝四首）[①]

（1984 年 8 月）

途　中

亭亭玉立美人松[②]，笑迎游人夕照红。
林海渐深天愈窄，岳桦[③]尽处浮苍穹。

登　临

此生难得几回游，长白山巅比白头[④]。
谁擎平湖云端里，清波何不洒神州？

览　胜

天池之水冷且清，鱼鳖无存草不生。
雨晴瞬变孩儿脸，俯看群山半是云。

---

① 1984 年 9 月 15 日《光明日报》“东风”副刊登载此诗时，仅选了其中一、四两首）

② 美人松，是长白山特有的珍贵树种，集聚于长白山自然保护区入口处。

③ 岳桦，是长白山最高层的林带。

④ 环抱白头山天池诸峰，长年积雪或白云缭绕，我和同游的人也有白头者。

瀑　下

瀑边静坐听涛声，心入松江千里行①。
祖国山河处处好，天池独占一枝春。

滇北诗草（23首）

（2005年10月30日—11月7日）

2005年10月29日至11月7日，随老友一行游昆明、大理、丽江和香格里拉等地。江山点燃诗情，一路随兴之所至，信手弄笔，全不顾韵律形体。倘可类比作画者之写生素描，则谢天谢地了。以下各诗，乃按游程先后排列。

九乡行②

2005年10月30日

一

九乡乃酒乡，峡中遇猴王③。
我问猴王好，猴王频举觞。

---

① 乘槎河（天河）经瀑布倾泻而下，为松花江的源头。

② 九乡之名的由来有两种说法，一说为第九个乡，另一说因该地产酒，应为酒乡。

③ 在进入溶洞前先行船峡中，景极幽美，峡边石壁上有石类猴，为峡中一景。

二

九乡乃酒乡，洞中日月长。
不饮人也醉，恍如游天堂。

三

九乡乃酒乡，山泉酿酒忙。
倘令刘伶在，定卧双瀑旁①。

四

九乡乃酒乡，仙人种田忙②。
有粮好酿酒，农事不可忘。

五

九乡乃酒乡，暮色渐苍茫。
九乡隐雾里，雾里飘酒香。

《九乡行》再吟③

——兼答方华文学友

2006年5月8日

一

九乡非酒乡，顽石岂猴王？
作揖惹人笑，举觞事荒唐。

---

① 溶洞内有雄瀑、雌瀑相伴，合称双瀑。
② 溶洞内有“梯田”天成，甚为壮观。
③ 《九乡行再吟》是敢峰第二年收到初中同学方华文的和诗后所作。

二

九乡非酒乡，洞中黑茫茫。
不作佯醉者，怎敢闯天堂？

三

九乡非酒乡，山泉送客忙。
刘伶饮无酒，要赖双瀑旁。

四

九乡非酒乡，石田不产粮。
无粮怎酿酒，农事靠太阳。

五

九乡第九乡，此说较允当。
还是老九好，远离阿 Q 狂。

石林吟

2005 年 10 月 31 日

天兵大战，剑锷纷呈[①]。
鏖战旧地，乃成石林。
身历其境，思接天庭。
多情诗玛，伫迎游人。

---

① 石林中有剑锷纷呈胜景，极为壮观。另有石似阿诗玛伫立大门口。

大理颂

2005 年 11 月 1 日

南诏古国，大理新颜。
苍山洱海，天上人间。
人不思归，鸟不知还。
此游足矣，何期来年。

题三塔

2005 年 11 月 1 日

前视洱海，背倚苍山。
云蒸雾绕，气象万千。
三塔昂立，雄镇山川。
谁比鹰翼，凌空翱旋。

丽江赞

2005 年 11 月 3 日

头枕雪山，足浴清流。
滇北大地一望收。
魂至伟，情长留。
喜古城依旧，饮誉全球。

借我两丈布，可做一身衣。

玉龙雪山即兴

2005 年 11 月 3 日

玉龙晴空戏日，白云远山低徊。
此去天庭咫尺，任择玉帝如来①。

题木府

2005 年 11 月 4 日

头顶斗笠身背箩②，楼堂庭院起巍峨。
山川形胜藏古迹，如今木府已姓和。

望长江第一湾

2005 年 11 月 5 日

远望长江第一湾，耳聋犹闻水潺潺。
江水也知恋故土，此去大海何时还？

虎跳峡观日出

2005 年 11 月 5 日

深壑卷惊涛，虎峡有三跳。
峡底观日出，太阳跳来了。

---

① 此处是汉、藏民族居住地区。

② 明代皇帝赐当地土司木姓，木府即土司的宫室。土司又命百姓姓和，据云因为在和字中，木字头上的一撇像斗笠，旁边的口字像背筐，意为和姓的人皆为木府的奴役。

纳帕海感悟

2005 年 11 月 5 日

白云轻拂秋峦，牛群缀满草原。
远处雪山在望，另是一方人间。
海拔三千三，离天三尺三，
置身此地，始悟下海更比上天难。

夜宿中甸

2005 年 11 月 5 日

辞别虎跳已过午，车到中甸天渐暮。
香格里拉真神奇，蛾眉月伴孤星舞①。

游碧塔海

2005 年 11 月 6 日

一路山连山，绿树绕草原。
白鹭归何处，湿地待来年。
车过惊牧马，竹瘦惹人怜。
木龙三百丈②，迎我到海边。
碧塔海，碧塔海，眼前一亮天地开。
瑶池那得清如许，无边仙境扑面来。

---

① 此乃刚到中甸时所见的实景：在碧空中，只突兀现出蛾眉月和其旁一颗明亮的星。

② 连接山路和海边有一条约千米的木桥路。

碧塔海途中小憩

2005 年 11 月 6 日

山间流水滔滔，晴空丽日普照。
桥畔小憩苦寒，谁把阳光挡了？

昆明大观楼感怀

2005 年 11 月 7 日

大观楼前读旧句①，怕登高楼览新颜。
可恼最是滇池水，惹得游人心怅然。

武宁行（7 首）

（2006 年 2 月 23 日—25 日）

赴武宁途中

驱车赴武宁，途中遇暴雨。
山随乱云飞，不知隐何处。
俄而天放晴，远山耀眼绿。
孰料雨又来，变幻无定数。

---

① 指大观楼门前挂的中国最长诗联。

夜步喷泉广场

武宁湖上夜苍茫，喷泉迎宾不敢当。
待到明朝湖睡醒，大家一起迎太阳。

教育生态会上即兴

世间万事有生态，基础教育岂能外。
为何择校风难平，乃因生态遭破坏。
今日群英聚武宁，武宁生态天下闻。
借得宝地山和水，助我教育生态吟。

农家宴

热情武宁友，邀我到农家。
吃鱼临窗钓，味美人人夸。

游武宁湖

一

幕阜有明珠，天降武宁湖。
水清洗尘虑，山秀四外浮。
长桥连仙境，岛畔隐衡庐。
慈航普渡者，峦顶指迷途①。

---

① 该处立有观音石雕像。

二

胸吸远山云，情溶湖中水。
天人为一体，今知其中味。
祸不由人为，天命岂足畏？
我愿溺世者，来此洗尘胃。

扬州饭店临别祝酒

今天这杯酒，胜似十年游。
大家共举杯，永远做朋友。

陕西行（9首）

（2006年4月29日—5月2日）

晨抵西安

西安古城旧且新，城楼巍峨未登临；
只因匆匆谒陵去，一路春风催我行。

谒黄帝陵

始祖尊黄帝，谒陵思怅然。
但见庙前柏①，深情眺台湾。

---

① 黄帝庙前有古柏，相传为黄帝所栽。

壶口观瀑

黄河万顷波，奔腾出壶口；
化为舟楫利，不效望天吼①。

访延安

缅怀革命圣地，杨家岭畔流连。
人去精神永在，延河塔影依然。

游华清池

华清池边景色新，熙熙攘攘尽游人。
长恨②早随风逝去，江山岂沦儿女情？

观兵马俑有感

兵马俑至伟，古今思至深；
武运不长久，秦皇第一人。

游碑林

碑林立天地，书法传古今；
更有六骏马③，劫前伴昭陵。

---

① “望天吼”为传闻中的怪兽，状如其名。

② “长恨”指《长恨歌》中“天长地久有时尽，此恨绵绵无绝期”句。

③ “六骏马”指“昭陵六骏”浮雕，曾被盗运。

过大雁塔

远眺大雁塔，不见大雁影。
佛教传中国，处处留塔名。

临别登钟楼

钟楼喜登临，俯瞰西安城。
群厦收眼底，道路皆纵横。
车如过江鲫，耳畔荡钟声。
帝都今安在，临风论古今。

京西游（10首）

（2006年5月—2010年5月）

妙峰山樱桃沟

（2006年5月24日）

四月花早谢，樱桃犹未红。
农家三五户，斜掩绿荫中。

灵　溪

（2006年5月24日）

步入灵溪山径深，一池春水沁人心。
亭中少憩天将暮，误把蛙声当鸟鸣。

龙门涧

（2006 年 5 月 24 日）

雨压龙门云乱飞，群山披雾更神威。
峡深奇景难收尽，责我缘何不早来。

游妙峰山并登金顶（2 首）

（2006 年 5 月 25 日）

一

欣看久旱后，春雨洗群峦。
山随云飘去，车行梦幻间。
林深无鸟径，涧急有桥连。
谁蘸天河水，挥情写大千。

二

浓雾锁金顶，四外白茫茫。
仙境隐何处？苍松来领航。
玉皇殿做客，灵感宫徜徉。
登高不望远，空来此一场。

龙泉宾馆夜思

（2006 年 5 月 25 日）

不学叶公徒好名，偷闲苦苦把龙寻。
龙泉宾馆龙门涧，哪得真龙一片鳞？

船未入峡人先醉，天下奇景斯为最。

北京西峰寺

（2008 年 5 月 25 日）

千年古刹换新颜，古道古桥皆久残。
可喜犹遗古银杏，仍与戒台续姻缘①。

珍珠湖

（2008 年 5 月 26 日）

京西多高山，山间可行船。
火车横空过，峡深出层峦。
栈道倚壁立，湖水直映天。
最喜岛上柳，临风独悠然。

再登妙峰山金顶

（2008 年 5 月 27 日）

登高易，望远难，岂只云雾锁山间？
四外更有群嶂在，不识何处是人寰。

三游妙峰山

（2010 年 5 月）

五月雨初歇，三游妙峰山。
逢金顶庙会，仙境变人间。

---

① “戒台”指戒台寺。

青岛消暑（12首）

（2006年7月30日——8月3日）

7月29日至8月4日，随北京市社科界专家们一行到青岛消暑。休闲中，聊效蝉鸣，即兴命笔，不必视为诗也。

初到青岛

前来青岛图清凉，谁知热浪也难当。
汇泉湾边树荫下，聊与海风话家常。

黄海饭店凭窗远眺

海上雾迷濛，高楼疑远峰。
来此洗尘虑，何须浴场中。

第一浴场

入夜海边更苍茫，万千人蚁聚浴场。
滩上人多下海少，一钩新月挂天上。

访崂山

崂山与黄海，两个好姐弟。
风平浪静时，海邀山嬉戏。
暴风雨袭来，山挟海飞起。
今我访崂山，海风紧相依。

崂山杂咏（3首）

太清宫

崂山尊太清，万事皆求真。
敢问进香者，崇真有几人？

逢仙桥

逢仙桥畔未逢仙，岂因意马又心猿？
欲将尘虑皆洗尽，逢仙还须待百年。

关岳祠

关岳并排坐，忠义两凛然。
地僻复祠小，也立天地间。

八大关

重访八大关，星移景依然。
安得故人在，笑语话当年。

远望东海国际饭店①

犹忆五九科研会，海军大楼披月辉。
天晓乌云传恶讯，苏联尽撤专家回。

海上游

碧空披朝晖，乘艇海上飞。
心随风远去，人被浪送回。

鲁迅公园

远望大海雾迷茫，北山升起白太阳②。
何必浴场学鱼跃，松下岩前好纳凉。

海滨小悟

清高岂能济世，正确未必成功。
有志尚待磨砺，浪急更须从容。

---

① 东海国际饭店乃原海军大楼，1959 年敢峰曾来此参加高校科研会议。

② “白太阳”指圆形白色建筑物。

海风不甘耐寂寞，屡撒巨浪惹游人。

游龙庆峡及康西草原（2首）

（2006年8月7日）

一

群山披雾水为裙，一路清凉伴我行。
峡深莫嫌天地窄，有限风光无限情。

二

告别夏宫来草原，乘船骑马皆欣然。
康西虽小风光好，扬鞭还须学少年。

台湾·香港纪行（30首）

（2006年10月14日—10月24日）

赴台途中口占

同行皆旧友，多为不老松。
应邀访宝岛，民间多沟通。

招待会上

主客致词两意浓，席间杯觥漾春风。
杯杯举起千斤重，多少深情在酒中。

阳明山士林官邸

战败退台湾，斯人终未还。
两岸思统一，情洒阳明山。

台北故宫博物院

跨海访国宝，时间何匆匆。
八千年历史，只读三刻钟。

船游日月潭

四外景迷茫，恍如游梦乡。
明月浴何处？潭中问太阳。

阿里山森林公园

海拔两千米，层峦皆披翠。
山寂可医聋，林密可洗肺。
塘绿可忘忧，径幽可健胃。
来此结庐者，可否活百岁？

阿里山抒情

阿里好兄弟，举臂可擎天。
抗日烽火熄，迄今六十年。
儿辈皆已老，兄弟未团圆。
今日来相访，深情如雾涌山间。
阿里山，阿里山，莫让儿孙再兴叹。
海峡岂是无情海，三通定将两岸连。

三代木[①]

三代红桧木，枯荣共一根。
当知根不死，定有后来人。

赤嵌楼

幼时即知郑成功，渡海驱荷大英雄。
今来赤嵌访古迹，多少感慨风云中。

远眺高雄

八五高楼[②]立高雄，海港闹市一望中。
打狗英领[③]留陈迹，凭栏闲坐沐海风。

---

① “三代木”指阿里山森林公园的一株三代红桧木，游人到此多驻足拍照。

② “八五高楼”指八十五层高楼。

③ “打狗英领”指昔日的打狗英领事馆。打狗为地名。

高雄夜色

高雄入夜更动人，谁倾爱河①无限情？
明早将访垦丁去，两岸华灯彻夜明。

猫鼻头

巴台两峡②交汇处，凭栏观海听涛声。
四周美景难收尽，先摘天边一片云。

垦丁公园

摸罢猫鼻来垦丁，先民渡海此登临。
伫立台湾南极点，西望巴士东太平③。

白水湾观海

万里晴空飘白云，水天相接两情真。
海风不甘耐寂寞，屡掀巨浪惹游人。

夜宿小垦丁度假村

一片木屋海滨排，绿树掩映迎客来。
池中水清好游泳，怎如幽径自徘徊。

---

① “爱河”为高雄一条河的名称。
② 巴台两峡指巴士海峡与台湾海峡。
③ 指巴士海峡与太平洋。

来此结庐者，可否活百岁？

社顶公园

临海多秀峦，海洋风使然。
石奇横空出，树高共擎天。
林密藏幽径，鸟语有无间。
远看山似海，近观浪如山。

三仙台

驱车来到三仙台，巨石如林海上栽。
纵有彩桥通仙岛，也知此处非蓬莱。

太平洋边大实话

昨天看的是大海，今日见的是大洋。
洋比海大不欺海，海比洋小不媚洋。
海洋本来是一体，不言大小又何妨。
我愿世间评说者，莫拿大小做文章。

“北回归线标志”下感悟

不极而反乃天道，物极必反是天条。
日运天地也有回归线，人行万事岂能无节操。
遵循天道免被天条谴，此乃为人行事之至要，
——千万要记牢。

太鲁阁大峡谷

告辞大海进深山，一路隧洞紧相连。
谁辟世外新天地，激流九曲有龙盘。
仰见白云托落燕，俯听峡底水潺潺。
环岛游程行将尽，归来长应忆台湾。

台北街头

台北摩托称王国，一车两代三四人。
过江之鲫难与比，汽车流中自穿行。

101 楼

岿然世界最高楼，台北烟云一望收。
纵有群楼拜脚下，却无良策遣乡愁。

金紫荆

会展广场金紫荆，中华儿女心铸成。
游客到此竞拍照，带回家去飨亲人。

夜游维多利亚海湾

香港入夜更传神，维湾之水最有情。
谁把繁星都摘尽，遍撒两岸伴游人。

太平山夜眺

驱车直上太平山，华灯似海海连天。
何须仰头羡明月，仙宫原本在人间。

香港迪士尼

生性不爱迪士尼，无论香港洛杉矶。
我不爱它有人爱，多少儿童着了迷。

清洁工

路边屡见清洁工，过往游人应动容。
风雨无间自洒扫，莫忘环保之英雄。

逛商场

香港半是富人乡，流光溢彩非寻常。
步入商场当上帝，珠宝柜前现穷相。

黄大仙庙

时人遇庙便进香，不问释道与城隍。
何如世间立功德，庙堂建在人心上。

浅水湾即景

今日重游浅水湾，镇海楼前庆安澜。
两边岛屿相对出，水天接处有渔船。

黔蜀行（13首）

（2007年5月2日—7日）

4月26日从力迈学校退下后，与老伴及贺鸿琛夫妇、张定东和其长女罗波以及陈心五夫妇同游黔蜀。沿途成诗十三首，留为纪念。

天河潭

地无三尺平，天有三日晴。
龙女醉未醒，骄阳斜披云。
船从岩洞入，人穿银河行[①]。
尘虑皆洗尽，身轻一片云。

天星湖[②]

天星湖里觅天仙，天星桥上走一年。
欲知天仙在何处，只须寄情山水间。

---

① 潭中有“银河宫”。

② 天星湖上以石排列为桥，石上顺序刻有一年之中的月日。

黄果树大瀑布

君自天上来，意欲归何处？
不恋山间云，悬崖辟作路。
一身浩然气，化为白练舞。
青山永无眠，伴君东流去。

重庆朝天门

巍峨朝天门，临江气象新。
嘉陵来相会，曙色满山城。
广场歌舞动，旁若无游人。
今夜将东去，三峡探古今。

白公馆·渣滓洞

应为隐士居，却作杀人窟。
青山寄哀思，瀑布长年哭。

丰　都

晨泊丰都港，阎王未相迎。
缓登石级上，山间闻鸟鸣。
孝子城中憩，微风徐徐生。
但愿鬼文化，得以警世人。

白帝城

夔门斧劈成，守护白帝城。
托孤感千古，天空飘白云。

船头吟

江上无千帆，过往皆铁船。
唐人早已去，青山犹依然。
浪平云也淡，天际隐迷峦。
临风船头立，明日过巫山。

无　题

无情长江水，有情江上风。
此行少游兴，乃因离情浓。

屈原祠

满腔忧国情，离骚传古今。
诗人今安在，谁作屈子吟？

三　峡

船未入峡人先醉，天下奇景斯为最。
两壁青山扑面过，一江碧波赠予谁？
神女望夫临风立，屈原祠畔云低徊。
世间至美无绝唱，谪仙已输三百杯。

小三峡

小小三峡小小船，小小瀑布挂山间。
小小更比大大好，小小百姓就是天。

三峡大坝前感怀

大江东流去，劳燕各分飞。
教育千秋业，留待后人来。

山西行（13 首）

（2007 年 8 月 13 日—21 日）

云冈石窟

云冈石窟天下闻，鬼斧神工中华魂；
千年风雨历劫难，佛像犹存四万尊。

悬空寺

恒山尊北岳，丽日照大地；
云驾风飘来，山拔寺飞起。

五台山

驱车直上灵鹫峰，俯瞰塔院与显通[①]；
五台一百零五寺，尽在紫烟有无中。

应县木塔

天宫高耸释迦塔，游人到此竞矜夸。
更有补天云汉石[②]，堪称宇宙之精华。

平遥古城

旅行到过去[③]，夜抵平遥城。
平明进县衙，正在审“犯人”。

---

① 显通寺与塔院寺是五台山最著名的寺院。

② 云汉石为建塔时从塔基处掘出的一块美石。相传是女娲补天时所用之石，坠落于此地。

③ 在宇宙学中，有可以“旅行到过去”一说，此处乃借用。

乔家大院

“汇通天下”大气魄，今日有幸访乔家；
一部晋商奋斗史，尽在大院展风华。

王家大院（2首）

一

华夏民居第一宅，城堡建筑满雕刻；
二百年间历风雨，绣楼犹自静待月。

二

城堡巍峨傍山立，俨然民间紫禁城；
皇家宫殿太霸气，王家大院自天成。
天成当比霸气好，不羡面南称寡人；
经商有道亦天道，搞活经济利民生。

洪洞县明代监狱

驱车路过洪洞县，径往古狱探苏三；
人去牢空井犹在，一狱冤气仍冲天。

再观壶口瀑布

女娲补天时，披肩落此处；
黄河天上来，化为壶口瀑①。
圣曲诞生地，飞人天堑路②；
今日来重游，应知有感悟。

绵　山

身入绵山顿超然，半似凡人半似仙；
四望险峰皆崛立，云绕仙楼天外天。
水涛沟中瀑千叠，群贤谷里访群贤。
欲将绵山比黄山，恰似晋南比皖南。

解州关帝庙

关羽之庙遍全国，解州关庙独四 A③；
一径肃穆庙堂深，天降殒石来相会。
三国迄今越千年，中华民风义为最；
奉劝见利忘义者，来此应知洗尘胃。

---

① 壶口有伏羲和女娲庙。诗的前两句为作者的联想与杜撰。
② “圣曲”指《黄河大合唱》。“飞人”指驾车跨越壶口者。
③ 解州关帝庙为全国重点文物保护单位，“四 A”指旅游 AAAA 景区。

运城舜帝陵

巍巍舜帝陵，泱泱古国风。
执政秉天理，治世求大同。
古柏临风立，登楼击鼓雄。
中华振兴日，再来祭祖翁。

青岛·日照游（7首）

（2007年8月27日31日）

再上崂山

今日再次上崂山，不遇仙人誓不还；
白云冉冉驾风至，坐看丽日抚群峦。
万壑青松送飞瀑，一线索道直达天；
休怪仙人不守信，心在仙境便是仙。

天后庙

海上有女神，林默乃其名；
幼年极聪慧，飞升佑船民。
世人称妈祖，香火遍海滨。
今访天后庙，敬献无限情。

日照灯塔广场

浪是海生命，风乃生命源；
今日悟此理，思绪直达天。
乘风当破浪，驾浪最超然；
为照夜航者，灯塔独擎天。

琅琊台

秦皇大海琅琊台，日照东方天地开；
缘何徐福求仙药，时越千年犹未回？

田横岛

大义惊天地，岁月存留痕；
庙前伫立久，海风唤英魂。
不来田横岛，虚此青岛行；
五百壮士墓，千古谁与伦？

海上吟

五月过三峡①，八月出大海；
在江喜看山，在海眺天外；
将海来比江，江美海气派。

① “五月过三峡”指当年五月三峡之游。

夜步青岛五四广场

“五月之凤”[①] 向天立，海上之夜蒙未开；
玉宇琼楼竞聚此，仙境岂复在蓬莱？

游香山·颐和园（8首）

（2007年11月）

香 山

深秋访香山，黄栌叶正红。
敢媲云霞美，不与群芳同。
松柏竞吐翠，双清情更浓。
游人渐离去，独立夕阳中。

颐和园（2首）

一

昆明湖水万寿山，无限风光一廊牵。
毕竟此地非仙境，皇家奢逸留人间。

---

① “五月之凤”为耸立在广场中的旋风状建筑物。

二

挪饷修园享颐和，擅权误国老太婆。
昆明湖水留余恨，故将云影掩清波。

石 舫

石舫非舫胜似舫，不怕风雨不怕浪；
风浪袭来不颠簸，天雨天晴都一样。

颐和园后山

后山之草绿满坡，后山之松悠然立，
后山之鸟林间飞，后山之路少人迹。
俄而三五游人至，亭中休憩真惬意，
待到兴尽日西斜，各披晚风自归去。

谐趣园宫门外枫树下

疑似林间鸟飞落，又似漫山蝴蝶飞；
枫叶空中献杂技，试问一年有几回？

谐趣园

最爱谐趣园中园，江南风光隐山间；
荷塘游鱼君莫数，片片红云可映天。

颐和园戏笔

万寿山不高，昆明湖水小；
装进一园中，却又不得了。
偌个大盆景，世人竟夸好。

武汉行（4首）

（2007年11月）

桂子山[①]感怀

阔别六十载，两访桂子山；
昙华林往事，一一涌心间。
代有人才出，何须夸当年？
若要人不老，永为时代先。

晴川阁·稷禹行宫[②]

雨中游晴川，四望有无间；
汉阳树历历，黄鹤楼渺然。
长桥通仙境，我却恋人寰；
缅怀禹王业，宫前久流连。

---

① 桂子山位于武昌，现华中师大校址所在地。

② 晴川阁·稷禹行宫位于汉阳长江边龟山东端，山上怪石嶙峋。

访伯牙琴台

伯牙琴台在，琴声何处寻？
高山流水曲，化为大江吟。
今人不识古，缘古已变今。
再过三百载，相约银河行。

登黄鹤楼

昔人已乘黄鹤去，今日我驾黄鹤归。
黄鹤楼中人熙攘，四外景物却全非。
高楼如云浮天际，车越天堑似鸟飞。
唯有长江流不尽，极目不见故人来。

海南行（7首）

（2008年5月17日—18日）

天涯海角

昨乘大鹏鸟，今日到天涯。
海天相接处，渔船可为家？

五公祠[①]

来琼当游五公祠，海南文化兴于兹。
最是眉公讲学处，伫立良久夕阳迟。

亚龙湾

驱车漫步亚龙湾，蓝天碧海银沙滩。
云轻浪静斜阳里，唯闻游人笑语喧。

情山鹿回头公园[②]

追过九十九座山峰，
跨越九十九条河流。
路绝海崖，披鹿回头原是凄情女，
箭止弦上，两情相悦三亚共结庐。
古来山盟海誓千千万，
怎比情山鹿回头。

---

① 五公祠供有李德裕、李纲、赵鼎、胡铨、李光等五人牌位。清代晚期在旁修有海南第一楼。苏轼谪海南时，在此地讲学四年。

② 此诗乃敢峰根据立于公园门口之石刻改写。

榆林湾（3 首）

一

荒滩连海海连天，海天接处有渔船。
度假村内空寂寂，商亭紧闭云更闲。

二

餐罢随狗进后院，低头惊见元青花。
瓶口虽残风韵在，遍身蚌鳞何须夸？

三

世上有奇珍，时人莫敢识。
权收我室中，他年待天日。

豫北行（6 首）

（2008 年—2010 年 1 月）

开封铁塔

千年铁塔立汴地，历尽风雨与沧桑。
高耸云端何所似？巍巍中华之脊梁。

万仙山[①]

红岩皆壁立，群峰竞插天。
光武中兴后，不忘柳树缘。

比干墓

比干墓前庙堂深，论德治国第一人。
今见庙前空心柏，始悟草木皆有情。

丹分沟

赤壁丹崖沟两分，飞流作曲风抚琴。
涧边觅得浪痕石，敢问龙宫何处寻[②]。

三商祠集句咏

玄鸟生商始有商，王亥经商华商祖。
成汤都商安天下，“三商”之光照千古。

睢阳古城

睢阳古城今犹存，熙熙攘攘尽游人。
古城新区相辉映，谁作商丘古今吟？

---

① 王莽篡汉时，刘秀曾遁匿万仙山柳林中，以柳叶为食。
② 此地原为海底，因地壳运动上升为陆地。

沪苏行（6首）

（2010年秋）

上海南京路小憩

霓虹灯下无哨兵，步行街上任人行。
身处闹市更觉静，俨然世外一闲人。

上海城隍庙

城隍本是旅游地，新建商圈更热闹。
四面楼阁如壁立，各色小吃天下晓。
游人如云肩摩肩，岂只旧貌换新颜。
名声在外谁不羡，文化之树可摇钱。
我在广场徜徉久，不夜城中不夜天。

上海外滩之夜

琼楼玉宇不夜天，疑是蓬莱落人间。
轻风细雨拂面过，身在此地便是仙。

拙政园[①]

拙政园里访姑苏，天堂本是巧匠筑。
画家也不甘寂寞，敢教园林出画图。

寒山寺

寒山钟声名千古，有赖张继诗为媒。
敢问当今旅游者，谁泊枫桥夜半归？

周庄游

西有丽江，东有周庄。
滇北明珠，江南水乡。
小桥流水，黑瓦白墙。
游人如织，灯笼辉煌。
今游周庄，心系丽江。
如烟岁月，今昔相望。
柳下登舟，桨漾云光。
君行何处？地下天上。

---

① 据云拙政园为明朝文征明所设计。

广西行吟（27首）

（2012年12月11日至23日）

1912年12月11日，随此京市社科联离退休老同事赴广西游。

一路涂鸦，不知其噪，何也？哑鸦乎，抑耳聋不闻其噪耶？

飞南宁

（2012年12月11日）

钻进大鹏鸟，晨起飞南宁。
沿途无风景，低头看白云。
旅客排排坐，乖乖小学生。
空姐天上女，宛如一家人。

赴明仕田园

（2012年12月11日）

坦荡高速路，一望无尽头。
披风驰原野，远胜天空游。
层林夹道迎，无处不风流。
怎似京城里，堵车使人愁。

途中口占

2012 年 12 月 11 日

大道通天下，我今广西行。
何来骆驼队，连绵石峰青。
梦中难一见，有幸此亲临。
非唯漓江好，南国处处春。

明仕田园

（2012 年 12 月 11 日）

来到广西喜看山，各尽其妍不一般。
群峰竞展曲线美，仙人画笔落此间。
刚毅柔情融为一，凝目欲辨难上难。
入山方知已入梦，明仕田园落眼前。
弃车登筏探幽境，更胜武陵桃花源。
山歌渔歌隔水唱，竹林芭蕉透悠闲。
可惜不是明月夜，可惜不是烟雨天，
可惜未偕夫人来，可惜匆匆即回还。
登岸四望留连久，难忘最是邓公山①。

---

① 整座大山从侧后望酷似邓小平坐像，名曰邓公山。

德天大瀑布

（2012 年 12 月 12 日）

德天板约两瀑布，一在越南一广西。
双瀑并展江山美，各披一件霓裳衣。
隔江相望寄情问，边境集市通贸易。
还是睦邻共处好，莫忘唇齿乃相依。

通灵大峡谷

（2012 年 12 月 12 日）

一

八百石级通峡底，一场考试幕拉开。
诸友劝我宜止步，我恃未挂拒老牌。
路边树林似扶我，秦君护我紧相随。
到得峡底庆胜利，通灵峡谷未白来。

二

步行峡底听流泉，仰头但见一带天。
亭亭八米芭蕉树，窃窃笑我未长眼。
正欲走出峡谷去，秦君拉我急回还。
返回另有上山路，说说笑笑到车边。

巴马街头

（2012 年 12 月 12 日）

餐后街头漫步行，沿途层楼皆华灯。
汽车川流少间歇，恍如置身在京城。
进店购买旅游鞋，喜赖参谋张与秦。
回至旅店路口处，对面飘来歌舞声。

百鸟岩

（2012 年 12 月 13 日）

好个巴马碧玉盘，盘中湖水四外山。
登舟入洞访百鸟，一路如梦又如幻。
山歌鸟语来何处？洞天之中有洞天。
当信神仙也有梦，神仙之梦在人间。

百魔洞

（2012 年 12 月 13 日）

百魔洞中访百魔，如今百魔已成仙。
洞口铺进红地毯，前是大殿后宫苑。
宫殿之间一片地，上有蓝天下花园。
八仙也在宫中住，不再浪迹在人间。

四外景迷茫，恍如游梦乡。明月浴何处，潭中向太阳。

巴盘屯

（2012 年 12 月 13 日）

长寿村中访寿星，113 岁黄卜新。
入室游人竞拍照，但愿都成长寿人。
自古长寿无秘笈，自然生活平常心。
当笑秦皇求仙药，徐福入海渺无音。

南宁至桂林途中

（2012 年 12 月 14 日）

车下跑的旧时路，车外看的旧时山。
物我相望两不识，盖因往事如云烟。
若问何时能再访，当看有缘或无缘。
夕阳并非无限好，况已飞落近山边。

象鼻山

（2012 年 12 月 14 日）

桂林有个象鼻山，多少游人醉其间。
切莫漓江水吸尽，不待后人来划船。

独秀峰

（2012 年 12 月 14 日）

靖江王府独秀峰，一柱擎天气势雄。
桂林山水君为首，罗带飘入漓江中。

夜游两江四湖

（2012 年 12 月 14 日）

独秀归来天已暮，匆匆餐罢踏波行。
两江四湖船入梦，现代蓬莱在桂林。

游漓江

（2012 年 12 月 15 日）

一

头顶蓝空飘白云，江上游船荡歌声，
两岸奇峰竞秀丽，一起拖入漓江行。

二

船游漓江难为诗，正是倒影潋滟时。
山山水水无不美，岂独我是丑男儿？

三

沿岸惊现浣纱女，身边白鸭一群群。
是谁有幸居于此，翠竹伴窗待月明。

四

窗口屡见卖橘人，宛在船边踏波行。
步出舱外探究竟，小小筏儿竹五根。

五

漓江之诗最难写，谪仙恐也拜裙下。
言诗难写不在诗，至美怎入诗与画？

在阳朔镇

（2012 年 12 月 15 日）

身困东海大花园，阳朔诸景未曾看。
只因小恙关禁闭，近在咫尺却无缘。
独下高楼访集市，熙攘之中自悠然。
离仙入俗亦乐事，尘境竟比仙境闲。

叠彩山

（2012 年 12 月 16 日）

叠彩山上彩云飞，桂花仙子下翠微。
种得桂花万千树，居留人间不願归。
霓裳转赠山和水，独披暗香伴月辉。
劝君莫嫌桂花小，羞与牡丹竞华贵。

伏波山

（2012 年 12 月 16 日）

雄峙漓江入口处，誉为漓江守护神。
伏波将军曾驻此，隐闻汉时战鼓声。

憩间问导游

（2012 年 12 月 16 日）

来桂未闻桂花香，桂花仙子隐何方？
靖江王府金银桂，更兼四湖襟两江。
缘何未有桂花节，据云花期不一样。
桂人酿出桂花酒，献给世人自品尝。

七星公园告别

（2012 年 12 月 16 日）

七星公园少游兴，此乃最后一游程。
即将乘机北归去，园中处处弥离情。
百岁桂树牵我手，别时一刻值千金。
心中突兀生奇想，话到嘴边又噤声。

返　回

（2012 年 12 月 16 日）

燕地漫天飘飞雪，广西梦醒急回笼。
老妻还在病床上，却怕我跌雪堆中。
不信人老变废物，当学雪江老渔翁。
八十四岁算个啥？何惧关山一重重。

梦中再游广西

（2012年12月23日）

刚从广西归，梦又广西去。
乃因诸老友，阳朔未一遇。
愧对月亮山，情怯大榕树。
望穿漓江水，我终未能至。

旅游拾零（11首）

题“小鸟天堂”[①]

（1963年）

岂因小鸟有天堂，乃是古人无事忙。
白鹭不归灰鹭睡，一棵榕树水中央。

---

① 广东新会县郊天马河中有一大榕树，树荫覆盖一万多平米，上面栖有数以千计的灰、白鹭鸶。白鹭日间觅食，夜间栖于榕树；灰鹭夜间觅食，白天栖于榕树。晨昏白鹭与灰鹭换班时情景非常壮观，人们称这里为“小鸟天堂”。1963年敢峰出差新会县，曾去“小鸟天堂”一游。可惜是下午三四点钟，没看到白鹭与灰鹭换班的壮观情景。他失望之余写了此诗。敢峰还就此事写了一篇谈教育的杂文（忽然想起“小鸟天堂”）。

游张家界

（1985 年夏）

为有奇峰刺破天，方教仙境落人间；
此水此山更此洞，与君共醉武陵源。

宿杭州刘庄

（1985 年夏）

一片清心溶太虚，楼塘亭影共踟蹰。
身在西湖最美处，何必四处觅西湖。

再访桂林

（1985 年夏）

阔别二十载，今日喜重临。
桂林犹识我，我不识桂林。
船倚奇峰过，人穿仙境行。
赠君青罗带，漓江最有情。

登滕王阁

（1987 年 11 月）

高阁独挹赣江秋，此番重建更风流。
瑰伟特绝甲天下①，不愧江南第一楼。
遥望井冈云雾里，指点江山意正遒。
倘令王勃今犹在，定将旧序付沙鸥。

深秋红螺寺

（2006 年 11 月 4 日）

下车便遇黄叶雨，进山始信红叶多。
更喜寺前一径绿，夜深待月舞婆娑。

过泰山

（2006 年 11 月）

早年屡望登泰山，孰料此愿迄未还。
乘机几度凌空过，俯看浮云思怅然。

---

① “瑰伟特绝”是韩愈对滕王阁的赞誉。另敢峰还写了一首游井冈山龙潭的诗，与《登滕王阁》同登年底或次年初的《江西日报》，敢峰对此诗和其他几首写井冈山的诗已记不清楚了。

京郊小汤山（2首）

（2010年初冬）

一

时入初冬树犹绿，一弯冷月照池塘。
几只白鹅弄清影，哪知闹市车行忙。

二

桥下亭影忆旧梦，风中残荷奏霓裳。
转身披衣欲归去，鸭鸭笑问何事忙？

忆　旧（2首）

（2011年3月）

春风和煦，独自在庭院漫步，由于向往外地旅游，忽然忆及当年在成都开会之余，两次登山的情景，立即口吟二诗。

再游峨嵋山

乘车径上峨嵋山，沿路风光未曾看。
傍山白云飞不尽，天下庙宇都一般。

登青城山

"青城[①]天下幽"，恁变"天下闹"?
游人肩接踵，早知不来了。
同行有周公[②]，憩间相视笑。
再花四毛钱，买碗豆腐脑[③]。

---

① 青城乃青城山，在四川都江堰市西南，有三十六奇峰，一百零八胜景，以"青城天下幽"而闻名。

② 周公，指周一兴。20世纪80年代任《当代中国的北京》编辑部主任，当时与敢峰一起在成都开会。

③ 当时有挑担子上山卖豆腐脑者，一路艰辛可知，然价廉味美。敢峰吃后曾戏称是这次游青城山的最大收获，至今念念不忘。

二 景山情与天竺月

漫漫教改路，景山未了情。

景山学校创办三周年即兴①

（1963 年 5 月 4 日）

聚首骑河意气高，弦歌朝暮倍辛劳。
他年教改功成日，北斗摘来作酒瓢。

过往的白云啊，请你停一停

——庆祝景山学校建校二十五周年

（1985 年 5 月 4 日）

景山学校成立二十五年了，
它经历了坎坷的路程，
像一个年轻的小伙子，
开始步入壮年时期。
在这四分之一的世纪里，
一批优秀的中华儿女，
来到沙滩开拓着教育的新天地，
把火红的青春化作一行行盛开的桃李。
头顶来往的白云啊，
请你停一停，
你能否告诉我，
当年的学子如今都在祖国何处？

---

① 1963 年 5 月 4 日，景山学校建校三周年纪念日，上午全校师生在操场召开了庆祝大会。晚上，全体教职员聚集西二楼会餐，敢峰吟此诗祝酒并激励大家。

天空闪烁的繁星啊，
请你想一想，
你可曾记得，
当年教师用备课的灯光来迎接东方的晨曦?!

我离开景山学校转眼已十二个春秋，
对这里的一草一木我永远不会忘记。
这里有当年朝夕相处的战友，
这里有我风华正茂时的足迹；
这里是有志之士真正干事业的地方，
这里有我一生中最美好的回忆。
每当我跨进景山学校的校门，
总有一股热流从心头涌起。

当景山学校庆祝教改二十五周年的时刻，
事有不巧，
我却远远地离开了你们；
让我在祖国的西南遥遥致意，
举手行一个同志的敬礼。
祝同志们身体健康，
团结战斗，
祝同学们胸怀理想，
发奋学习，
祝我们的学校，
在“三个面向”的航道上取得新的成绩。
教改之难，
真的难于上青天吗?
不！只要有穿开裆裤学步的精神，
终有一天会把泰山踩在脚下。
我相信这是真理。

景山学校以教改起家，
就要沿着教改的路走到底。

教师节赠诗（5首）

（1995年9月9日和1996年9月9日）

贺贺鸿琛教授从教50周年

昔日战友喜重逢，共谋教坛攀高峰。
庆君从教五十载，桃李东南西北中。

贺张定东副校长从教40年

校长独辞赣江秋，粤京两度喜同俦。
童心留得青春在，从教四十未白头。

贺陈心五教授从教40年

景山初识陈将军，拼命三郎是别称。
转战力迈刀未老，望君再下二百城。

赠李蓉特级教师

师德比山高，师风似水长。
学子今有幸，共沐明月光。

赠王伊人老师

深深崇敬王先生，办事认真又细心。
勤劳正派高风节，堪称力迈创业人。

【附言】当时正值北京市力迈学校初创，敢峰曾向多位教师赠诗，现收录的仅其中一部分。

乙亥中秋吟

（1995年9月9日晚上）

今夜中秋月，
天竺分外明。
相聚欲何往？
力迈万里行。

天竺月下吟[①]

（1995秋）

“无可奈何花落去，似曾相识燕归来。”
景山情与天竺月，如潮如浪涌胸怀。

---

① 20世纪60年代敢峰任景山学校校长，进行教改试验，“文革”中教改横遭摧残。1995年，敢峰离休后又到北京天竺开发区担任北京力迈学校校长，进行重构基础教育改革实验。此诗乃创办力迈学校时的月下感怀。

为人、立业、处世歌[①]

（1995 年秋）

一、为人

热爱祖国，孝敬父母，尊师好学，不染恶习。
崇真善美，鄙假恶丑，忠于职守，遵法守纪。

二、立业

勤劳勇敢，开拓进取，有志有识，自强自立。
善抓机遇，应变有方，群策群力，强中争强。

三、处世

诚以待人，信以立已，知礼明义，通情达理。
不畏强暴，不欺弱小，助人为乐，不跟风跑。

---

① 这是北京力迈学校初创时，敢峰制定的《对学生进行为人、立业、处世的教育要点》

暑中夜思

（1996年7月17日）

小序：假期已至，昨日深夜在暑热中求凉，引发出一番沉思。现以“打油”的形式写出，抛砖引玉，与同事们共勉，幸勿以等闲视之。

骄兵易折哀军胜，盛誉之下贵清醒；
赞扬同样是考验，它比批评更严峻。
禾好谨防生杂草，他人瓦霜少议论；
山外有山步莫停，我愿诸君更加劲。

丙子年抒怀

（1996年8月）

挥斥人生逞风流，忽忽六十七春秋。
老来不减当年勇，为有雄关在后头。

赠“两硕”①

（1996年）

“两硕”绽新花，思想进步大，
还望学习结硕果，献给爸妈和国家。

① “两硕”是当时力迈学校名“硕”的两位学生，是“力迈无差生”教育活动中的两名先行者。

赠 Z 老师[1]

（1997 年）

劝君莫诧将军矮，将军皆从矮子来。
愿君更加一把火，激励学子早成才。

送别魏老师

（1997 年）

送君骤增别离情，同是力迈植树人。
天下何处无桃李，非常志与平常心。

七十生日打油

（1999 年 1 月 17 日）

人生七十古来稀，而今七十不稀奇。
往事如烟休回首，征尘未落自奋蹄。

---

① 当时有一学生跳级，接受的教师心有疑虑，于是敢峰写了此诗相赠。

释力迈学校“校魂”①

（1999年4月）

一心一意才有力，奋发有为始能迈；
兢兢业业是为了成功，避免失败。

力迈学校建校三周年述怀

（1999年11月17日）

誓师天竺夺雄关，莫道奇峰不可攀，
此曲何须天上有，但留创造在人间。

力迈学校成立五周年述怀

（2000年9月）

三年打基础，五年修跑道。
会当凌长空，一览众山小。

---

① 北京力迈学校的校魂是：一心一意，奋发有为，兢兢业业（敢峰对此的解释是：“教育是呕心沥血的事业，不一心一意，决办不好教育。教育必须改革，不奋发有为，励志进行教育改革，教育就没有出路。教育改革是一项复杂的系统工程，既要有明确的目标，又要脚踏实地，摸着石头过河，不兢兢业业，教育改革就不能成功”）。

赠刘正元伉俪

（2001 年冬）

北国正封冰，快哉琼岛行。
借得天涯月，证尔相恋情。

晨读之歌

（2002 年 9 月 6 日）

每天的太阳都是新的；
每天的自我也是新的。
披着晨曦，书声朗朗；
与时俱进，自强不息。
自强之路，就在我们脚下，
何惧知识之山高入云际。
亲爱的力迈学子啊，努力吧！
让我们青春比朝霞更绚丽。

纵身再一跃①

（2005 年）

勇迎激流上，头摆尾也摇。
纵身再一跃，我比龙门高。

---

① 这是敢峰在力迈学校 2005 年新年献词中的一首诗。

赠同仁[1]

（2005 年秋）

慷慨高歌壮远征，雄关如铁志如云。
十年教改崎岖路，毋忘力迈相聚情。

再赠同仁

（2005 年秋）

高空风急云层低，雄鹰岂能被雀讥；
有志诸君齐奋起，有朝一日与天齐。

赠李放大博士[2]

（2005 年冬）

喜识李博士，力迈同耕耘。
备课四更起，学子三生幸。
拳拳育才意，浓浓师友情。
留学自兹去，能不展鹏程？

---

① 此诗为敢峰在力迈学校十周年校庆时所作。
② 李放大博士是北京力迈学校剑桥国际中心主任。

自题小照[①]

（2006 年 4 月）

人老也争春，却未把春报。
只好玉兰盛开时，挤进花丛笑。

献给“力迈”采摘节

（2006 年 10 月 31 日）

深秋最爱柿子红，尽现力迈学子风。
今日迎来采摘节，全校师生喜融融。
一个柿子千斤重，看谁竞赛获成功。
我也献丑来助兴，但愿莫笑白头翁。

赠两校从教半个世纪的同仁（8 首）

（2007 年 1 月 8 日）

赠贺鸿琛教授

贺老从教六十秋，两校[②]创业喜同俦。
不负夕阳无限好，携手迈步上层楼。

---

① 2006 年春，力迈学校校园里的玉兰和迎春花盛开时，敢峰挤进花丛中留影并题诗。

② “两校”指北京景山学校和力迈学校。

周力迈学校学生登慕田峪长城

左起依次为贺鸿琛、童大林、敢峰、陈心五

“力迈”三棵松

浓浓师生情

赠张定东常务副校长

教育世家出英才，年方十五登讲台。
一生心血化桃李，风骨原从磨砺来。

赠陈心五副校长

教改每倚陈将军，攻关屡屡传捷音。
立马横刀今犹昔，尤喜炉火更纯青。

赠刘曼华同志

小语教学谁说小？人生奠基第一要。
毕生心血倾其中，欣看枝头春意闹。

赠郑俊选特级教师

小郑老师犹未老，英姿不逊当年少。
每来力迈步如风，数学教改倍辛劳。

赠李蓉特级教师

君伴山东家长来，交谈顿觉茅塞开。
小语教改抓得紧，学子有幸赖培栽。

赠舒鸿锦特级教师

六二[1]迎来舒老师，才高心强一见知。
高中语文教得好，勇抒己见不矜持。

赠周淑溪老师[2]

手执育人金钥匙，教学扎实又细致。
犹忆作文攻山日，赠我东风第一枝。

玉兰辞

（2007年3月23日）

玉兰花又开，为辞故人来。
君隐江湖去，我也待移栽[3]。
十年天竺月，庭前共徘徊。
"短笛"[4] 寄心语，大成岂蓬莱？

---

① 舒鸿锦老师1962年从北京师范大学调到景山学校任教。

② 这一组诗曾刊发在2007年1月10日《中国教师报》。贺鸿琛，景山学校初创时和其后长期任党支部书记；陈心五曾任景山学校和力迈学校副校长；刘曼华曾任景山学校副校长，负责识字和小学语文教学；郑俊选是景山学校小学数学特级教师；舒鸿锦是景山学校高中语文特级教师。周淑溪是景山学校高级语文教师；张定东，原江西教育学院副教授和附属实验学校校长，从1995年起为力迈学校常务副校长；李蓉是力迈学校从山东聘来的小学语文特级教师。

③ 移栽，指迁校。因当时建设"新国展"需占用力迈学校校址。

④ "短笛"指敢峰写的《教育星空中的一支"短笛"——也谈我理想中的学校》；大成，指重构基础教育改革实验之成功

景山学校五十周年校庆感怀

（2010 年 5 月）

人才贵创新，应试风难停。
漫漫教改路，景山未了情。

忆与力迈同仁同游太阳岛

（2011 年 4 月）

犹忆当年东北行，太阳岛上近黄昏；
蜻蜓痴立残荷上，我出谜底飨同仁①。

喜聚滕王阁

（2011 年 5 月 22 日）

昔日力迈友，喜聚滕王阁。
雨也来相会，谈笑说王勃。

---

① 在游太阳岛时，敢峰即景以“蜻蜓”句出谜。谜底为鲁迅的《伤逝》。

告别未遇：送张健[①]

（2011 年 6 月 13 日）

前天闻噩讯，今早行匆匆。
灵堂伫立久，无缘送张公。
人已天地隔，梦魂仍相通。
每忆教改事，公乃一青松。

闻五·一班[②]今秋相聚景山学校

（2011 年 7 月）

景山学子屡相聚，今秋将是五一班。
群燕归来欢无限，半是笑语半呢喃。

---

① 张健，陶行知的学生。教育部原党组成员，副部级老干部，终年 92 岁。

② 五一班是 1961 年入景山学校小学一年级的学生，班主任先后为童正玉和周韫玉。

三 碧水云天吹短笛

沸腾岁月中的悠闲

抒　怀[1]

（1980 年）

但愿秋蝶化春蚕，长留锦绣天地间。
针针织出长征路，留待后人仔细看。

题木兰山[2]

（20 世纪 80 年代）

木兰山上月，疑是巾帼魂。
千秋清辉在，长留报国情。

赠高士

（1981 年 6 月 13 日）

莫谓园中[3]尽丑才，旋风一路打将来。
君如真是高明者，棍子原应当劈柴。

---

① 此诗出自 1982 年山西人民出版社出版的《中国现代社会科学家传略·敢峰自传》。

② 敢峰的祖籍湖北黄陂县（现改为武汉市黄陂区），境内有一座山名曰“木兰山”。家乡想把山建成旅游区，请敢峰题词。敢峰挥毫题了此诗。原诗第二句为“疑是木兰魂”。

③ “园中”喻当时兴起的人才学研究。

偶有所感

（1981 年 11 月 6 日）

至亲虽愚，其虑也深；
邻友虽慧，其谋终浅。
深浅兼收，有虑有谋；
舍深就浅，智者不取。

峨嵋月下吟

（1985 年 5 月）

今夜碧空月，高台只独看。
群松相伴我，直欲上青天。
江水穿三峡，峨嵋隐雾间。
此行难两得，先访洞中仙。①

钓鱼台吟月

（1996 年 9 月 27 日）

时到中秋天气清，纵情云海觅诗魂。
吴刚伐桂声声急，为使人间月更明。

---

① 此诗作于峨嵋山下红珠山宾馆。峨嵋山上有白蛇洞，相传是神话《白蛇传》中的白蛇修行之地。敢峰在诗中以“访洞中仙”隐喻立志探索数学“四色定理”。

读李树喜诗词集《杂花树》有感

（2004 年 1 月 15 日）

独挑诗箧过大荒，杂花野草壮行装。
昨宵喜读三百句，处处闪烁哲理光。
山高无知欺月小，石出[①]凌空傲汪洋。
待到国学创新日，与君共醉北斗旁。

贺《百家诗选》问世[②]

（2006 年秋）

中华盛世，星空璀灿，
广征百家，得诗三千。
诗魂诗情诗境融一炉，
共展当代诗品之峰巅。

---

① “石出”何必苦待“水落”？倘是人才，当如在水底发射导弹一样，破水凌空。此句与前句“月小”相关联。人如此，国也如此，事事如此。

② 2006 年秋，河北省晋州市梨花诗社主办的诗刊《孔雀台》征集百家诗人的佳作，拟出《百家诗选》。敢峰应邀题诗以祝贺。2007 年 4 月，《百家诗选》由作家出版社出版。

席间即兴[①]

（2006 年 12 月 4 日）

老马今天过生日，华诞屈指整七十。
一生识途无大错，七杯酒换一首诗。

寄语杨花

（2007 年春）

花絮乱飞真恼人，唤春有功便骄横。
休怪扫进垃圾里，等待明年再翻身。

参加全国第二届民间科技发展研讨会有感

（2007 年）

暮看青城[②]日落，晨起月近中天。
万和楼上盛会，科技根在民间。

---

① 老马，指马玉田，原北京市文联党组书记。在马玉田七十华诞的宴席上，马玉田说："老方，您能当场赋诗一首，我当即饮酒七杯作罚。"敢峰立即口占此四句诗。平时很少饮酒的马玉田高兴地畅饮了七杯酒。

② "青城"，指都江堰市青城山。

悼龚育之[①]

（2007年6月18日）

暑中闻噩耗，彻夜未能眠。
相交五十载，初识在中宣。
当年风华茂，依稀如眼前。
重逢科教组，同窗又经年。
君才人难及，文理皆达天。
著文传马列，济世有鸿篇。
党史深研习，教育亦精湛。
景山喜共举，力迈助攻山。
吾友亦吾师，回首思怅然。
人生难过百，万事勿求全。
但学黄河水，奔腾到海边。
送君乘鹤去，我仍待扬鞭。

夜　思

（2007年11月）

一生难得志，诸事与愿违；
谁知我心苦，冷月照窗帷。

---

① 龚育之，著名的马克思主义理论家与中共党史专家，原中宣部副部长、中央党校副校长、中共党史研究室副主任、中国自然辩证法研究会会长。“景山”指景山学校，“力迈”指力迈学校。

夜闻嫦娥号飞船升空

（2007年11月26日）

楼海生明月，繁星撒地时。
西昌火箭起，奔月慰相思。

读书偶得[①]

（2008年6月）

科社原本是科学，马恩当年开先河。
实事求是辨真理，与时俱进扬新波。

八十抒怀

（2009年1月）

人生八十始，再活二十年。
休怅日西落，皓月正中天。
摘星更比追日好，
化为灯火献人间。

---

① 此诗出自于《风范长存——深切怀念刘永平同志》书中敢峰所写《她是理论战线上多么好的同志啊！》一文。刘永平为北京市社科院原副院长。

国庆即兴（2首）

（2009 年国庆节）

观　礼

礼炮轰隆天地开，铁流人流排阵来。
巍巍中华复兴路，如歌如画涌胸怀。

联欢晚会

光耀中华欢庆多，几多欢庆几多歌。
举目长空邀明月，嫦娥也在舞婆娑。

有感而发

国庆观礼记

（2009年10月初）

六十年来家国，山河换了新颜。巍巍中华巨人，腰系黄河长江，起舞神州大地，欢歌响彻人寰。

二〇〇九年十月一日，历史钟声响了。是日也，风和日丽，晴空万里。雄伟壮丽之天安门最早醒来，五十六根团结柱东西两排耸立。十里长安街，彩虹挂天际。人民大会堂、国家博物馆与人民英雄纪念碑前，红旗飘扬，花潮起伏；天安门城楼、两侧观礼台与天安门中心广场上，群情高昂，万头攒动。蓝天白云，红墙绿树，路旁花坛，四外层楼，也在静候国庆观礼。

礼炮轰隆天地开，万众肃立，国歌声中五星红旗冉冉升起。普天同此时，山河皆屏息，惟闻心潮澎湃声，偶见城楼人影移。胡锦涛主席，驱车阅兵毕，重登城楼面南立，国庆讲话动天地。泱泱大国风，灼灼兴邦志，激扬太空，挥洒万里。

俄而，铁流人流排阵来，掌声四起撼天外。威武之师、正义之师、胜利之师、文明之师，天上地下构筑着中国现代新的万里长城；奋斗创业、改革开放、世纪跨越、科学发展，与时俱进耸立起新中国六十年四座丰碑。飞机在天空中抛撒五色彩带，谱写锦绣中华与民族团结之乐曲；彩车在簇拥中尽显当代风流，展示辉煌成就与美好未来之图景。巍巍中华复兴路，如歌如画涌胸怀。

纵观华夏五千年灿烂文明，光披环宇，永泽后世，及至欧洲产业革命，科学兴起，却闭关锁国，故步自封，历经百年衰落，百年救亡，终于踏上百年振兴之路[①]；赞我中华之亿万英雄儿女，发愤图强，前赴后继，待到推翻三座大山，国基重构，乃外启国门，内行改革，欣看东部龙腾，西部开发，蒸蒸向上气象充塞人寰。社会主义彰显中国特色，各族人民共举锦绣河山。昆仑雄风起兮，天地为之开；大江之东去兮，三峡莫能阻。中华腾飞，此其势乎！

环顾全球，金融危机四起。西方列强，山河失色，百业凋疲，回天乏力；惟我中国，波澜不惊，生机盎然，指挥若定。世界重心东移，已成共识；东方文化西渐，方兴未艾。和平崛起，此之谓欤？

太阳放慢巡天脚步，深情倾泻金色光辉；白云争相伸长脖子，两眼看得如痴如醉。噫，是谁“挂长绳于九天，系此西飞之白日[②]”；又谁驱祥云之骏马，俯瞰今日之盛会？

隐隐云影中，黄帝手携炎帝，驾指南车来了。随后，禹王来了，孔子来了；秦皇汉武来了，陈胜吴广来了；屈原李白苏轼来了，林则徐孙中山来了。许多先贤、仁人志士与革命先烈都来了。车水马龙，华盖云集，若隐若现，旷古之奇。在毛主席纪念堂上空，

---

① 百年衰落，指自18世纪中叶的欧洲产业革命至19世纪中叶的鸦片战争。百年救亡，指19世纪中叶鸦片战争失败至20世纪中叶中华人民共和国成立。百年振兴指20世纪中叶新中国成立至21世纪中叶实现经济发展的三步战略目标。

② 据李白诗句。

仙乐悠扬，杯觥交错，天人共庆，山河共舞。此古今胜会之极者矣。

太阳下山歇息了，一轮明月升上来。联欢晚会，大幕拉开。夜空如洗，华灯如画，满天星斗撒向大地；歌声似潮，舞浪似海，人间欢庆羡煞蓬莱。焰火腾起，谁挥彩笔天空作画？喷泉吐珠，盛赞精彩节目连台。四大乐章①，气势磅礴，尽显锦绣山河与中华儿女爱国心曲；八方来风，祥瑞纷呈，共献高超技艺与各族人民风情之光。金水桥前，中央领导手挽群众共舞；观礼台上，相机闪烁竞摄盛况珍藏。聊作歌曰："光耀中华欢庆多，几多欢庆几多歌：举目长空邀明月，嫦娥也在舞婆娑"。

是夜，梦遇苏子归途同行，遂邀小酌，并求赐赋。曰："今日盛事，不可无赋，众望所归，君当为之。惟非同游赤壁，有酒无舟，难以尽兴，望君谅之。"苏子笑曰："彼一时也，此一时也。方今盛世，任重道远，岂可'相与枕藉乎舟中'，有负东方升起之旭日？况写赋当随时代，不宜今人求古人。"并赠言："层楼无尽，贵在登临。酒不醉人人自醉，愿君莫作自醉人"。言讫，飘然离去。余惊醒，感苏子言，愧甚。乃披衣而起，虽往日不曾作赋，仍下决心试为之，附记。②

---

① 四大乐章为：一、这是伟大的祖国。二、是我生长的地方。三、在这片辽阔的土地上。四、到处充满明媚的阳光。

② 此赋在《中华辞赋》上刊载时，作了删改。

闻钱学森院士逝世[①]

（2009 年 11 月 1 日）

科学星空巨星殒，举国哀悼夜深沉。
九十八年人生路，科技帅才第一人。
火箭技术惊天地，赫赫功勋烁古今。
航天之父仙逝矣，接回嫦娥待后生。

雪来早

（2009 年冬）

晨起窗外一片白，未赏红叶先赏雪。
时光竟会倒着流，我头可否白变黑？

元宵夜

（2010 年 2 月）

瑞雪烟花共舞，银树高楼争辉。
今宵月隐何处，缘何不伴春归？

---

① 2009 年 10 月 31 日钱学森院士去世，敢峰第二天知道消息后便写成此诗。

春将至

（2010 年 2 月）

寒流声中度严冬，一钩冷月悬高空。
园中几树花先放，不待杨柳唤春风。

春来迟

（2010 年春）

园中翠竹半凋零，小草探头怯问春：
春江水暖鸭何处，缘何不闻踏波声？

为小翔 55 岁生日而作

（2010 年 2 月）

行年五十五，自幼不畏苦。
十四乌海①边，而立返京路。
时过志未移，筚路共蓝缕。
巾帼启山林，生肖当属虎。

① “乌海”指内蒙古乌梁素海。“而立”指 30 岁，考研究生回京。小翔，乃方小翔，敢峰的女儿，生肖本属羊。

作“直面21世纪的教育战略”演讲

和友人雷祯孝

在台湾

左起依次为马玉田、敢峰、许文、陶一凡、何卓新、张文启

《0 点理论》诗跋[①]

（2010 年 4 月）

宇宙茫茫，时空无极，
思之所至，天马不往。
草成此文，
上致科学殿堂，下与诸君共飨。
世外奇谈乎？
何奇之有！

读徐公[②]杂文有感

——为余心言杂文研讨会而作

（2010 年）

如泉汩汩流，天然无雕饰。
诲人出于诚，说理基于实。
风平有涟漪，浪来旗不湿。
所见所闻所思拈来皆文章，
乃因世间万事处处有吾师。

---

① 《0 点理论》指敢峰所写《0 点理论——一次穿越宇宙“黑箱”的理性遨游》，载敢峰科学探索文选《4CC 和 1+1 的证明：兼及关于宇宙和生命的思索》，北京理工大学和中国华侨出版社 2011 年 1 月联合出版。

② 徐公，指徐惟诚，著名杂文家，北京市杂文学会会长，中宣部原常务副部长，中国大百科全书出版社社长。余心言是其笔名。

天下文章写不尽，它只青睐有心人。
徐公最是有心者，头脑敏锐手尤勤。
数十年来无间歇，白天追日夜摘星。
八十年代曾相随，目证此景和此情。

杂文当随时代兴，与会皆是有心人。
心言二字最重要，为文最忌是矫情。
当学徐公八十不言老，
如潮文思夜夜入梦魂。

碧水云天住所抒怀（2首）

（2010年夏）

一

云天常有，碧水长流。
身远喧境，居此何求？
怎奈寸心拴不住，
倚窗频眺天涯路。

二

人生不遂意，十八九无成。
但立非常志，且具平常心。
无情东流水，有情天上云。
当驾云舟去，长空摘星辰。

答雷祯孝《陪雨》[1]

（2010 年夏）

方氏猜想：你变成雨，雨变成你。
是耶？非耶？求证。

你陪雨，若干年后雨也会在墓前陪你。
乐由苦生不忘苦，有从无来当返无。
是耶？非耶？

附：雷祯孝《陪雨》

昨夜陪雨在树林，伞下坐个小板凳。
天地与我独相处，不知是乐还是苦。
纷繁思绪胡乱走，众生无常有没有？
五十年后还下雨，现在那时谁是你？

赠安宏林[2]老师

（2010 年 6 月 5 日）

献身人才学，勇为天下先。
当年事历历，一一如眼前。
情深人难及，年老志更坚。
人才强国路，奠基在少年。

---

① 这是雷祯孝与敢峰通过手机探讨哲学的诗。雷祯孝是人才学研究的初创者之一，著有《中国人才思想史》等著作。

② 安宏林，原北京九十一中学语文教师，20 世纪八十年代初，曾参加过一段中国人才研究会的筹备工作。

赠外孙袁星岳[①]

（2010 年 7 月 16 日）

学马学鹰，奋蹄展翅，
如星如岳，励志成才。

说　瓷

（2010 年秋）

官不及汝[②]民胜天，修内司窑更枉然。
莫夸明清官窑盛，巧工原本出民间。

祝酒辞

（2010 年秋）

平生只追仙，神鬼皆不沾。
至善至美处，定是真之巅。
酒中有仙境，诸君切莫贪。
大家共举杯，相携上九天[③]。

---

① 袁星岳是方小翔的儿子。这是敢峰为其过生日时的赠诗。

② “官”指北宋官窑；“汝”即宋代汝窑，原为民窑。

③ 敢峰认为饮酒有四种境界：人的境界，仙的境界，神的境界，鬼的境界。

和沈周《将归》

（2010 年秋）

长江望不见，游子将安归？
且跨征骑去，任它黄叶飞。

附：沈周《将归》[①]

长江悲已滞，万里念将归。
况复高枫晚，山山黄叶飞。

秋　吟（2 首）

（2010 年秋）

一

夕阳照我楼，秋光四外浮。
长空云千里，谁在驾方舟？

二

壮心犹在岂悲秋，万里江山入画图。
黄叶落尽气更爽，莫把征帆当归舟。

---

① 此诗出自沈周青田灯光冻图章边款，系他 76 岁时所镌。

读《李树喜诗集》

（2010年冬）

李公诗百笺，随风入月宫。
嫦娥惊读罢，与众皆不同。

致李树喜

（2011年1月29日晚）

花魂毕竟非诗魂，花到秋时便凋零。
此身合是诗人未[①]？当效放翁入剑门。

附：李树喜[②]《答敢峰》

手执寒光双刃剑，贯通诸业几破谜。
高峰座座白云底，飞跃剑门不骑驴。
（2011年1月30日晨）

---

① 第三句乃借用陆游诗句。

② 李树喜：中华诗词学会副会长，光明日报高级记者和光明日报出版社原社长。“几破谜”指敢峰新出版的科学探索文选《4CC和1+1的证明：兼及关于宇宙和生命的思索》。

和李树喜《调寄浪淘沙》

（2011 年 1 月 31 日）

不惧路迷茫，夜抚行囊。羡君归后又南翔。庭院多年无燕子，忘了家乡。

老友寄梅香，催我诗章。白头但搔莫嗟伤。爆竹声中辞旧岁，何事彷徨？

附：李树喜《调寄浪淘沙》

风雪正茫茫，湿了行囊。几番客路又南翔。梦里身轻如燕子，寻觅家乡。

月冷腊梅香，酒乐诗章。弦歌背后有嗟伤。爆竹声声心似旧，多了彷徨。

（2011 年 1 月 30 日于沪市）

闻农民工上春晚

——答杨敬东①

（2011 年 2 月 3 日）

除夕忙拜年，春晚未曾看。

承君告佳讯，心中乐陶然。

农民工中多才俊，身处底层似龙潜。

一朝脱颖出，光芒耀人寰。

奋斗是柄开山斧，走遍天下不畏难。

---

① 杨敬东，是湖南省科协六届委员会原副主席、中国人才研究会常务理事，著有《潜人才学》等著作。

流浪猫

（2011 年 2 月）

宠猫沦野猫，无家可归了。
流浪社区中，偷偷溜墙跑。
媚态早憔悴，白毛变黑毛。
连声喊“咪咪”，浑然不知晓。

四季歌

（2011 年 2 月 14 日）

春日放歌须纵情，夏日荫浓思深沉，
秋至天高当望远，冬与梅花比精神。

紫薇辞[①]

（2010 年夏—2011 年 2 月）

一

楼下紫薇花正开，缘何喜鹊不飞来？
岂因寒舍门庭小，此树非为高士栽。

---

① 此诗乃纪实抒情之作，每次只写了一首，最后联为一体。

二

楼下紫薇花盛开，缘何喜鹊仍不来？
任它酷夏热难忍，不羡海上有蓬莱。

三

楼下紫薇花早衰，缘何雪后喜鹊来？
休嗔满园皆冷眼，不到开时花不开。

四

昨日喜鹊今又来，呆立枝头实可哀。
君若愿为报春鸟，紫薇年年为君开。

与友人论诗

（2011 年 2 月 14 日）

老中孕新，新中扬老。
新从老出，老因新高。
亦老亦新，亦新亦老。
秋色春光，一体为宝。

寄好友（2首[①]）

（2011年2月14日）

一

李花开罢桃花开，春闹枝头似响雷。
不憾当年春报晚，昔日徐郎今未来。

二

不怕风雨只怕旱，桃枯枝头实可叹。
敢吁天下采桃者，园中莫唱“声声慢”。

雪　梅

（2011年2月）

一

不到春天花不开，花到开时雪又飞。
管它是花还是雪，我的名字叫雪梅。

二

不到春天花不开，花到开时雪又飞。
待到梨花开千树，再问春姑归不归？

---

①　处弱势者，不壮势则长旱。在现代社会，酒好也怕巷子深啊！

万柳春色

（2011 年 3 月）

远看柳梢吐绿云，路边树下丽人行。
桃林贪酒醉未醒，不待花开已是春。

有感学界不正风

（2011 年 3 月）

急功近利非所求，缘何浮躁起神州？
休恃乱云能蔽日，便将画饼误飞鸥。

忘了歌

（2011 年 3 月）

江水忘了源头，城市忘了月亮。
庭院忘了燕子，游子忘了家乡。
天也茫茫，海也茫茫。
山也茫茫，路也茫茫。
连太阳也忘了回家的路，
升于东方，落在西方。

天空过往的白云啊，
请你驻足想一想：
人世间还有什么没被忘记，
是祖国和亲人，
是事业和理想，
还是钞票、女人、洋房？

晨　趣

（2011 年 4 月初）

玉兰朵朵向天开，笑责朝阳未早来：
“昨夜巡天醉何处？群星散尽仍不归。”

惊见柴窑瓷瓶[①]

（2011 年 4 月）

天镜纸磬名天下，历经风雨更娇娆。
迷失千年谁敢识，不谓柴窑也柴窑。

戏评《游百里漓江》

（2011 年 4 月 13 日）

船行山巅太危险，江托雾升路迷茫。
身披霓裳休得意，天堂并不在天上。

附方小翔：游百里漓江

船在山巅行，江托云雾升。
身披虹霓彩，人坐天堂中。

小翔回短信说： 歪批三国，批得有理。不过，诗中写的是江上实景，有照片为证。

---

① 相传柴窑为后周世宗柴荣所建造，窑址在河南郑州一带，至今尚未发现。据载柴窑烧制的瓷器“青如天，明如镜，薄如纸，声如磬”。诗中“天镜纸磬”乃指“柴窑”瓷器的这四大特点。

代露珠致答[①]

（2011 年 4 月 14 日）

露珠本姓氢，燃后始生成。
愿为云和雨，暂作草上莹。
日高携风去，天地寄梦魂。

附：代替火写给露珠

（2011 年 4 月 13 日）

雷祯孝

别看你淡淡的，
却能折射出五彩缤纷。
别看你弱弱的，
却能聚集阳光点燃一座森林。
既然你已将我点燃，
我这火热的怀抱定要将你拥抱。
你别又想退缩，
害怕我的燃烧毁灭你的生命。
我要把你化为蒸汽，
同我的青烟一道冉冉升腾。
我们在循环中漫游世界，
我们在幻灭中获得永恒。

---

① 这是雷祯孝与敢峰通过手机短信互致的又一组哲理抒情诗。

李墨祖来访[1]

（2011 年 4 月 16 日）

喜迎李公来相访，八九高龄眼不花；
共展百米长城卷，心随画笔到天涯。
早年追梦进鲁艺，抗日长城乃为家；
耄耋挥墨长城上，三年万里洒风华。

赠孟福谦

（2011 年 5 月 1 日）

吾爱孟夫子，从不逞风流[2]；
为人诚且直，视利如云浮。
景山共教改，劫后又同俦；
相交五十载，伟哉千里牛。

---

① 李墨祖（李元），画家，1922 年生。从 2006 年开始历时三年半，从山海关老龙头沿长城一路写生到甘肃嘉峪关。所绘长 200 余米，高 1.3 米的《长城万里图》长卷，于 2010 年 6 月在北京孔庙和国子监博物馆展出，现已由中国摄影出版社出版。

② 一、二句诗乃从李白《赠孟浩然》诗中“吾爱孟夫子，风流天下闻”演化而来。孟福谦，笔名舒风，1960 年毕业于北京师范大学中文系，曾任景山学校教师，中国人才研究会副秘书长，主编过《中国人才》杂志，写过多部人才传记。

读《李树喜食品不安全诗》

（2011年5月3日）

老弟诗才实在高，愤懑之情溢诗表，
三句起跑末句跳，讽刺之剑横空啸。
读后微感意未尽，这样能了不能了？
机器人PK毒丈夫，胜负怎能见分晓。

附：李树喜食品不安全诗

世道炀炀重拜金，奇思淫巧百般新。
茫然四顾难防备，生子当如机器人。
河北流通三氯奶，河南圈养瘦精猪。
成人病痛孩童死，真个无毒不丈夫。

景山老同事聚会即兴

（2011年5月4日）

相约年年聚，今年御马墩①。
我也来助兴，同是景山人。

---

① “御马墩”，北京师范大学东校门旁边的一家饭庄的名字。“相约年年聚”指周正逵、龚肇兰、刘毅、孟福谦等师大中文系毕业后分配到北京景山学校工作的老同学，每年五月四日（景山学校校庆日）聚会共叙当年教改情谊。2011年5月4日，诚邀敢峰校长参加。敢峰欣然赴邀，并即兴吟诗一首。

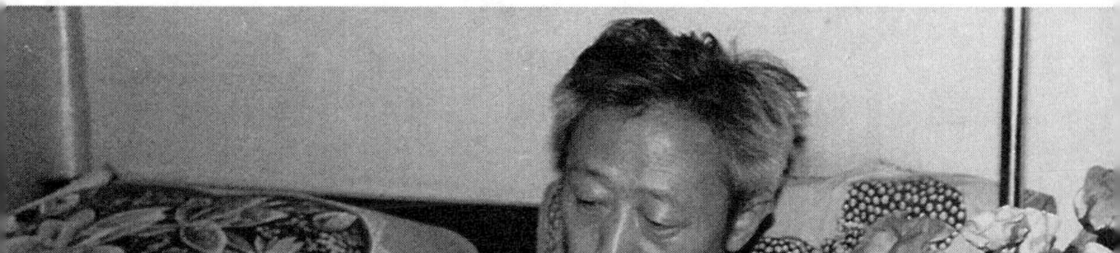

80年代鏖战“四色妖魔”

泡桐花开

（2011 年 5 月 6 日）

路边泡桐花又开，当年兰考入梦来。
万人齐送焦裕禄，天也动容地也哀。
敢问当今为官者，谁与焦公并肩排？

有感“话语权”

（2011 年 5 月 8 日）

难堪最是话语权，黑白曲直皆等闲。
象牙岂从凡口出，权威放屁也值钱。
学界之风尚如此，怎不令人思慨然。
真理面前不平等，哪来人间平等天？

未了情

（2011 年 5 月 28 日）

峡底观日出，长空摘星辰。
莫谓天地阔，诗是未了情。

致李树喜

（2011 年 6 月）

史为浪涛诗作舟，待公江上逞风流。
缘何史诗少开拓，诗人多不谙春秋。

【附言】以诗论史，行吟其中，注释补之，此大器也，公当完璧。

建党九十周年书法展

（2011 年 6 月 21 日）

书法今随时代兴，横竖撇捺皆有神。
九十年来红旗路，化为笔走龙蛇行。

怀柔北宅坝上

（2011 年 7 月 5 日）

一条大堤分两边，半是仙境半人间。
糊涂最是朦胧月，万象皆作醉眼看。

忆罗祥音[①]

（2011年7月）

犹忆昙华林，三载共晨昏。
当年罗夫子，读书最认真。

赠方华文[②]

（2011年7月）

少年是才女，及长革命人。
后为师中杰，老来更精神。

破　谜

（2011年7月）

4CC非故乡水，1+1乃异国山。
只身远征终不悔，此生志在破雄关。
上两雄关终非雄，最大雄关在太空。
更解生命心灵谜，有从无来变化功。

① 罗祥音、童文允等为敢峰在华中大学的同窗好友，罗祥音曾任北京幻灯制片厂编审，著有《陋室居诗文集》。

② 方华文是敢峰在湖南永兴原省立三中的初中同学。

峰岸曲[①]

（2011 年 7 月）

信守底线，追求极致。
拳拳此心，灼灼我志。
俯仰天地，莫愧于兹。
晴也由之，雨也由之。

岸是底线，峰乃极致。
岸不可摧，峰无尽时。
笑傲风浪，愧言仰止。
峰岸相望，伟哉我师。

中秋有雨

（2011 年 7 月 12 日）

皆言秋光好，天高无与伦。
孰知秋心苦，掩泪慰月明。

① “岸”可有两重寓意，“春风又绿江南岸”与“惊涛拍岸”是也。前者为情，后者寓守。在此诗中显然主要是指后者。

今朝梦醒何处？

四　更羡海天一飞鸥

八十二岁抒怀

（2011 年）

年过八二未横秋，愧与雪山比白头。
离天愈近海愈远，更羡海天一飞鸥。

渔　歌

（2011 年）

天人应共语，互答此其时。
渔歌莫唱晚，月上正迟迟。

偶生遐想

（2011 年）

天空有路无人走，地上无路待人开。
何不做个飞行器，系在腰间自去来。

复树喜友

（2011 年）

黄石九宫山，一日两个天。
江边把诗论，山上论史还。
吴头楚尾隔千里，诗与史却一线牵。
李公才情世所羡，抬头更上一重天。

和《子孙永葆》

（2011 年）

文物从来最驻情，半为历史半人文。
江山犹未千年守，聚散何能责子孙。
当喜今朝且伴我，不忧日后归何人。
国之至宝藏于国，做大民间聚宝盆。

中秋寄友人

（2011 年 9 月 12 日）

往事似流云，月乃故人情。
任凭云千里，风过月更明。

碧水云天的春天

三　叹

（2011 年秋）

放屁也仗话语权，懵人容易欺世难。
真理无言自掩泪，何时雨后现青天。

致某些学术殿堂中人

（2011 年秋）

不畏山路险，苦把真理寻。
到了殿堂里，耻当小学生。
权威空自许，讲话势压人。
知否后来者，捷足已先登？

景山学校五一班聚会即兴

（2011 年秋）

时过中秋月更明，犹忆当年共晨昏。
半个世纪分飞路，难忘景山相聚情。

忆庐山

（2011 年 10 月 22 日）

几次上庐山，夙愿未曾还。
只知花径美，牯镇乃人间。
含鄱口无梦，仙人洞懒看。
云雾不做戏，来了也枉然。

科学与情（二首）

（2011 年冬）

一

物构我躯情构魂，情与文化两难分。
科学发展人也变，但愿莫变“机器人”。

二

科学是山情是江，山水相依两相望。
群峰插天江入海，共谋山高与水长。

忆龙卧流

（2011 年冬）

难忘最是龙卧流，天虽放晴雨难收。
一起调进中南局，一起走上中宣楼。
一起景山搞教改，一起文革挨批斗。
孰料正值腾飞日，驾鹤西去离神州。
天妒英才岂个案，每念及此愤不休。
今人研究人才学，此象能否说清楚？

赠友人

（2012 年 1 月 1 日）

世间本乃混沌场，混沌荒唐不一样。
诗人自是多情种，盼兮忧兮似水长。

附言：见不得魔，成不了佛。

寄李树喜

（2012 年 1 月 8 日）

创新者少，效颦者多。
学界如此，诗坛若何？
苍天不语，阿弥陀佛。
喜公江上，引吭高歌。

黄　叶

（2012 年 1 月 8 日）

叶黄未肯落，抖擞战西风。
待到秋光尽，静眠飞雪中。

书　悟

（2012 年 1 月 8 日）

早年读书不认真，及长治学终难成。
未经沧海也知水，到了巫山不识云。

拜　年

（2012 年 1 月 22 日）

烟花四起共拜年，飞雪迎春龙飞天。
更借电波传心语，互致龙年祝福言。

与友人论诗家

（2012 年 1 月 23 日）

时人尚待浪淘沙，千百诗家剩几家？
谁擎大旗潮头立，风吹不倒就是他。

附言：龙行天地，犹有天外未至，对屈杜李苏仰而不止，是真仰耳。今效颦者多，难成大器，至于学步当别论。有感于此，特打油四句以记之

致树喜

（2012 年 2 月 2 日）

君与巫山两不识，巫山兴雨君行云。
诗名不副终须副，云到开时便是晴。

庆贺刘导生百岁华诞

（2012 年 2 月 5 日）

一从工农起风云，投身洪流跟党行。
一二九青运领袖，建学部社科启程。
拨乱反正涛头立，改革开放伴晚晴。
百年革命人生路，学生时代走到今。
今日相聚庆华诞，举杯敬献无限情。

元宵夜答李树喜（二首）

（2012 年 2 月 6 日）

一

连日欢聚酒饭饱，龙未抬头尾先摇。
待到爆竹声四起，方知今夜是元宵。

二

步出高楼仰看天，寂寞嫦娥正自怜。
缘何同是十五夜，元宵中秋不一般？

树下论诗

（2012年2月8日）

一

好诗当伴才情出，此论不知意如何。
芙蓉出水自天色，粉饰越重丑越多。

二

诗中才情两难分，才是花容情是魂。
只求花容傲春色，何不做个塑料人。

论司马懿

（2012年3月1日）

阿瞒仲达何相似，司马比曹更雄才。
三国一统终非梦，魏业晋夺新纪开，
若非当年韬光策，懿首早已落尘埃。
甘先受屈比后笑，雄才之中隐奸才。

复李树喜

（2012 年 3 月 1 日）

三国亦盛世，鼎立乃平衡，
天地人各具，佳话传到今。
非唯一统好，汉末天地昏。
统分随时势，不变中华魂。

挽邓英淘[①]

（2012 年）

天妒英才，英淘早我驾鹤去。
我鸣不平，伫立景山待君归。

垂 钓

（2012 年 3 月 23 日）

江山处处孕诗魂，天地万物皆有情。
寄语世间垂钓者，钓鱼何如钓月明。

---

① 邓英淘系文革前北京景山学校学生，后曾在中国社会科学院和国家发改委工作，多有建树。

月也湖中鱼—戏答友人

（2012 年 3 月 23 日）

月也湖中鱼，鱼汤任君煮。
白喝不要钱，看你多大肚。

笑赠方鸣

（2012 年 3 月 31 日）

方鸣幼年倍天真，“打倒爸爸”满车惊。①
图书馆中开了窍，不逐流水驾行云。
行云可降及时雨，出版好书献人民。
欲知行云家何处，云居寺里自访寻。

迎春花自嘲

（2012 年春）

桃花已早谢，我却未迎春。
请看昨日雪，寒气袭京城。
不做出头鸟，只念太平经。
东风催桃李，关我啥事情？
若谓名不副，乃效不副人。

---

① 文革前坐公共汽车睡觉被弄醒，高呼“打倒爸爸”

十五夜

（2012 年春）

天公不高兴，十五月未明。
嫦娥掩泪泣，不知怨何人。

学界怪象

（2012 年春）

诸葛大唱空城计，司马高悬免战牌。
三国演义两出戏，如今学界皆搬来。
空城苦因兵在外，免战自知力不逮。
如今两戏全走调，说不怪哉也怪哉。

学界乱象

（2012 年春）

何惧喇叭吹破天，但求馅饼落我前。
涂鸦妄称填空白，网上抄来更值钱。
名声大小全在炒，学问真假皆云烟。
共秉良知中流立，逼退乱象谋清源。

桃花林（二首）

（2012 年春）

一

四季最美桃花林，是谁送来满园春？
花闹枝头红灿灿，只笑东风不媚人。

二

水上桃花最动人，临别频献无限情。
春雨缘何夺春色，独宠杨柳自骄横。

花　愤

（2012 年 4 月）

雨打群芳谢，几枝独盛开。
不信花命薄，我从薄命来。

劝　世

（2012 年 4 月 2 日）

欺骗与糊弄，世间渐成风。
诚信抛天外，人变一条虫。
做人知耻始，无耻天难容。
迷途不知返，何颜对祖宗。

学书法

（2012 年 4 月 7 日）

年过八十始学书，桑榆已晚有胜无。
横竖撇捺难入矩，不按葫芦画葫芦。

答友人

（2012 年 4 月 8 日）

古今二李吟江南，艳哀都是那块天。
不使沙尘迷望眼，治沙还待柳如烟。

树下有感

（2012 年 4 月 8 日）

世间老包枉自多，无权无势呼奈何。
进了殿堂立场变，媳熬成婆阿弥陀。

春日即景

（2012 年 4 月 13 日）

余寒过后天放晴，碧桃紫李半园春。
唯有庭前玉兰树，含泪半开最动人。

复树喜

（2012 年 4 月 14 日）

花香无鸟语，只是半个春。
身困闹市里，羡君与鸟邻。
葡萄任啄食，枝蔓留为荫。
蜂蚁有王国，众生呼开明。

碧　桃

（2012 年 4 月 14 日）

名曰碧桃不是桃，花却效颦比桃妖。
远观满树红艳艳，近看朵朵一团糟。

丁　香

（2012 年 4 月 14 日）

紫云朵朵吐幽香，难拒蜂蝶采蜜忙。
花开串串不结果，羞与葡萄比短长。

樱花开

（2012 年 4 月 14 日）

小园樱花一夜开，艳压群芳何壮哉。
任凭枝头春潮急，绿叶姗姗不肯来。

致诗友

（2012年4月15日）

秋日天高春芳菲，夏日浓荫冬雪梅。
缘何一年分四季，春花秋月总相违？

附戏言：此身合是诗人未，当凭答问决是非。这是我出的高考试题，哈哈！

春　竹

（2012年4月15日）

楼前翠竹抖精神，难掩斗寒疲惫情。
万木迎春君且睡，静听雨后新笋生。

野草花

（2012年4月15日）

谁惜路边野草花，伴君一路到天涯。
时人但顾求富贵，家乡春色任由它。

海　棠

（2012 年 4 月 15 日）

芙蓉玉兰与海棠，三个姐妹一个样。
唯独小三最惹人，憨立枝头掀春浪。

重登“哥猜”山

（2012 年 4 月 16 日）

“1 + 1”中解误差，志在追逐到天涯，
追到 22954，哥猜终告证明了。
近探误差藏身处，再次又将妖魔抓，
此次彻底归降后，船到 20 便是家。
《直取》① 一文虽稚嫩，当初啼声直须夸，
十余年来云和月，一路伴我度风华。

花下吟

（2012 年 4 月 16 日）

桃花樱花白玉兰，各领风骚五七天。
一夜风来成花雨，但留吟叹在人间。
四时各有好花出，多情诗人莫自怜。
夏日荷花秋日菊，冬伴雪梅话岁寒。

---

① 指《直取 1 + 1 之探索》

游　春

（2012 年 4 月 16 日）

红黄紫白各争妍，踏春游人皆欣然。
低头忽见草羞涩，苦待雨后绿如茵。

春日论春

（2012 年 4 月 16 日）

绿乃春本色，红紫争先行。
春风播春意，春雨孕春魂，
山河一片绿，大地始同春。
花随流水去，留给诗人吟。

春日一景

（2012 年 4 月 17 日）

清明过后花芳菲，诗人访春辄忘归。
落日山边挥手去，他却扬头问找谁。

评李树喜《村居》

（2012 年 4 月 17 日）

居凡非凡，樵声在天。
何须磨刃，锋出诗尖。
东篱无菊，懒看南山。
心忧生民，非似陶潜。

答李树喜

（2012 年 4 月 18 日）

君言混沌场，我论理想国。
万物争荣时，最要是弱者。
倘若说春光，新绿乃主色。
花开一阵风，为报春消息。

论　春

（2012 年 4 月 18 日）

群芳枝头闹，小草迟迟生。
好花四季有，草绿才是春。

樱花落

（2012 年 4 月 19 日）

昨日傲枝头，今早任人踏。
隔夜两重天，怎不令人嗟。
脚下莫无情，花落也是花。
此乃花魂归天去，最后一次洒风华。

晨　起

（2012 年 4 月 20 日）

枝头染新绿，四望霁色开。
昨夜桃花雨，未曾入梦来。
忍作无情别，更增我心哀。
一地花痕在，树下久徘徊。

寄杨敬东老弟

（2012 年 4 月 21 日）

三湘春暖，君体如何？
时在念中，未敢惊疴。
仰问明月，树影婆娑。
祈早康复，阿弥陀佛。

评　春

（2012 年 4 月 22 日）

群芳枝头闹，催我踏歌行。
花香无鸟语，只是半个春。

丁香再咏

（2012 年 4 月 22 日）

片片紫云吐幽香，不与群芳争短长。
但愿一年开三季，冬天留给梅兰芳。

迎春花

（2012 年 4 月 22 日）

今年庭院迎春花，未开先落暗自嗟。
非如有名无实者，空鼓肚皮吹喇叭。

“懒散”辨

（2012 年 4 月 26 日）

懒散非懒汉，不挑头也干。
闲着反更累，关键在自愿。

致刘堂江

（2012 年 4 月 26 日）

桃花早谢，
荷花已矣，
还有秋菊和冬梅，
大可有作为。
喜君乘风起，
天高任雁飞。
创办《未来教育家》，
为使人间尽芳菲。

复李树喜“种草说”

（2012 年 4 月 28 日）

收诗更要趁春时，天地不知我也知。
底事使君言种草，原来草内尽藏诗。

李下问诗

（2012 年 5 月 1 日）

闲忙乃真忙，老来抢时光。
种草懒种树，一天诗几行？

再致李树喜

（2012 年 5 月 1 日）

先生原非为诗狂，前赴后继出书忙。
种草只占地半亩，闲中行吟三五行。
治史毕竟千秋笔，论世乃是大文章。
切莫轻言夕阳晚，长空万里披霞光。

五月吟夏

（2012 年 5 月）

五月花雨歇，初夏悄悄来。
柳丝掀绿浪，庭前现绿苔。
树木竞繁茂，云天豁然开。
最是好时节，迎得艳阳回。

和树喜《雁荡山夜游》（二首）

（2012 年 5 月 10 日）

一

羡君旋又雁荡行，天月潭月两不分。
即经仙境入佛境，便脱凡人变真人。

（三、四句后来改为“潭月虽比天月美，天月却比潭月真。”）

二

幼羡名山与大川，其中便有雁荡山。
三峡漓江穿船过，泰山雁荡梦未园。
冲天空有双飞翼，折翅非在云水间。
最是山高欺月小，天月难如潭月闲。

咏教二十首

——兼赠未来教育家

（2012 年 5 月 14 日）

写在《未来教育家》创刊之际，心潮澎湃。长话短说，意不在诗也。

一

教育家乃人中人，特殊品格自生成。
不在仕途谋发展，不争利也不为名。
一心培育桃和李，志在人间处处春。
待到桃李满天下，树下犹作桃李吟。

二

教似春雨与春风，师者育人贵自通。
春风吹醒学子意，春雨激活智慧种。
教育家乃师中杰，行风布雨建奇功。
根苗工程做好了，春花秋实两从容。

三

教育首从启蒙始，此乃教育第一律，
比如种子之萌发，又如山泉之始流。
扎下中华文化根，引上正确人生路，
攻克科学知识关，无限风光在后头。

四

教育之道贵在精，繁琐教学最烦人。
少精统帅多而广，知识架构乃生成。
不教学生抓要领，眉毛胡子一根根。
逆反心理由此出，怎能反转怪学生？

五

剧团毕竟非剧场，看戏学戏怎一样？
剧场看戏竞夸好，戏散一句不会唱。
课堂教学同此理，上课莫把演员当。
授徒学艺台下功，当效两个梅兰芳。

六

智力因素是利箭，非智因素乃强弓。
利箭倘无强弓射，空夸好箭拿手中。
德育体育和心理，一样都不能放松。
不重强弓只重箭，教育怎能谓成功？

七

教学理论重互动，犹如椭圆双中心。
启发、学问其轨迹，教学相长其机能。
教为主导学跟进，学为主体教护行。
教鸟学飞今日事，志在长空学之魂。

八

爱、严、得法三统一，怀揣三策教山行：
教学互动椭圆心，教学路线由此生。
死活结合贵辩证，山水相依春光明。
因材施教探教艺，犹依山势启山林。

九

素质教育重基因，培育矫正宜早谋。
因势利导为上策，情通理达水欢流。
知错喜给台阶下，不知切莫强按头。
自尊心在希望在，自尊心泯天也愁。

十

学、思、活动三支桨，荡起教学之方舟。
懂、会、熟、巧四字诀，双基要求岂能丢。
提倡“山”字形发展，门门百分非胜筹。
学路尤重“三自主”，教到此处雨方收。
（“三自主”指：自主学习、自主活动、自主管理）

十一

教改不能离国情，以我为主理至明。
广纳中外好经验，综合分析谋创新。
创新莫钓湖中月，时髦乃是乱教云。
教育若染时髦病，花苞未开先烂根。

十二

教育家亦小学生，不当学生怎教人？
天地万物皆我师，生亦师师理至明。
虚心方能成其大，善学才能增其能。
不虚心的教育家，大概只能天外寻。

十三

育人要过差生关，差生宜作严师看。
教育这门大学问，转变差生占一半。
爱心责任与情怀，皆对老师是考验。
读懂学生无字书，何须长吁蜀道难。

十四

教育家从奋斗出，并非朵朵雾中花。
学步莫耻开裆裤，跌倒也能泥里爬。
攀崖更需胆和识，开启山林全靠它。
终南何曾有捷径，翻过山头才是家。

十五

莫作应试教育家，考试场上象朵花。
猜题押宝称能手，题海战术煮青蛙。
素质教育抛天外，良知麻木怎堪夸？
天若有情天亦怒，此路还待从头跨。

十六

教育家须过五关：第一关是时代关，
第二关是名利关，第三关是育才关，
第四关是鹰蚁关，第五关是山海关。
若问山海关何指？教育家中海与山。

十七

从教最重使命感，未来重担挑在肩。
有人戏称孩子王，竟然是个大发现。
治教间接治天下，使命怎不重如山？
布衣虽旧茶饭淡，笑领孩子去攻关。

十八

教育家乃百家母，大中小学一字排。
满园新绿是基色，更有红杏出墙来。
幼苗长成参天树，哪棵不是老师栽？
一生心血化桃李，但愿学子都成才。

十九

崇敬高端教育家，身在殿堂不矜夸。
话语权有千斤重，先当学生后讲话。
治学勤采补天石，实践中孕理论花。
尤喜学生超自己，人梯精神耀中华。

二十

教育首当随时代，使命在肩未敢忘。
巍巍中华复兴路，盘在教育崇山上。
大教育观看教育，活教育论育栋梁。
寄望未来教育家，一代更比一代强。

祝贺《未来教育家》创刊

（2012年5月）

在教育耕耘的大地上
未来教育家
是亟需升级的人才与文明孵化池

在教育理论的海洋里
未来教育家
是正在建造中的航母战斗群

在教育理想的星空中
未来教育家
是将待发射的空间实验站

深深尊敬历史上的教育家
充分倚重当代教育家
更寄无限希望于未来教育家

暮　春

（2012 年 5 月）

暮春五月艳阳天，芳草萋萋柳如烟。
花落自随流水去，不留遗恨在人间。

莫叹黄昏后

（2012 年夏）

天长地久，莫叹黄昏后。
花开花落非关秋，无花水也流。
相见比白头，无忧更无愁。
人间最美孩童游，永远玩不够。

新笋劫

（2012 年 6 月 3 日）

一夜好雨收，新笋似箭出。
高立竹林中，亭亭临风舞。
讵料园丁来，顷间全拔去。
据云求平齐，惆怅斜阳暮。

你先歇歇

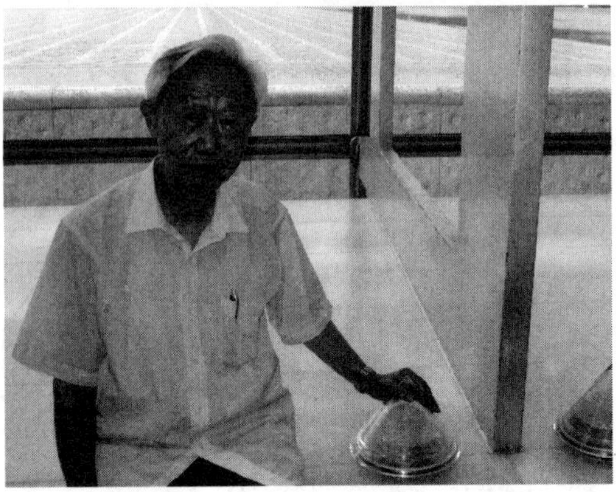

我也累了

权威辨

（2012 年 6 月 3 日）

一

真理非权威玩物，权威乃真理奴仆。
挟真理以临天下，太阳当从西边出。

二

真理无视权威，社会需要权威。
权威离真理近，社会幸甚。
权威离真理远，社会倒霉。

无　题

（2012 年 6 月 3 日）

种瓜不得瓜，种豆不得豆。
瓜被人摘去，豆被鸟衔走。
莫骂鸟儿馋，莫责行人丑。
倘要自己吃，当种一百亩。

夜　思

（2012 年 6 月 6 日）

一生求极致，风岸已早违。
愧对春草绿，不知有芳菲。
身同笼中鸟，思随遄云飞。
怎堪五更尽，追梦尚无期。

偶　得

（2012 年 6 月 6 日）

近日无事作诗忙，瓶中酒尽几断肠。
忽悟谪仙喜吟月，半因嫦娥半吴刚。

夏日即景

（2012 年 6 月 7 日）

夏日最恼骄阳天，头冒大汗口生烟。
空中白云今何处，或谑傍富到海边。
大树苦撑遮阳伞，聊供行人暂歇肩。
正怨天公不长眼，讵料天气骤巨变。
风挟暴雨横空至，又是打雷又闪电。
乌云扳起凶面孔，问谁还敢再胡言。
偏遇顽童脱口出：“天更比我会变脸”。
转身做个鬼脸儿，引得众人笑开颜。

梦访黄果树瀑布

（2012 年 6 月 12 日）

上次探访，瞬已五年。
情倾飞瀑，诗立云间。
日出日落，天地如磐。
岁月不老，我何老焉？

喜聚大觉寺（八首）

（2012 年 6 月 13、14 日）

2012 年 6 月 13 日至 15 日，王光邀周一兴、陶一凡、马玉田、敢峰诸老友相聚京郊大觉寺，欣吟诗八首以记之。

一

王约周公陶马峰，炎炎龙年六月中。
大觉寺中有小悟，友情更比夏荫浓。

二

大觉小悟乃相通，犹忆当年济世穷。
白皮松下尽欢语，深情时在不言中。

三

天涯虽已成咫尺，孰知咫尺亦天涯，
平日深居京城里，难得共赏四月花。

四

古寺迎来五棵松，年最长者属周公。
共祈王老早康复，此次相聚重中重。

五

十目相视焕天光，一腔真情化诗章。
但愿人间情长久，闲云更比飞云忙。

六

今日天空分外蓝，松枝如画绘天上。
白云冉冉驾风至，人间天上两相望。

七

人生如梦并非梦，理想如磐怎能忘？
重担卸肩心未卸，还在晴雨征途上。

八

频频举首望行云，万里长空寄梦魂。
待到秋高天气爽，再邀嫦娥共月明。

续《喜聚大觉寺》（五首）

（2012 年 6 月 15 日）

从大觉寺归来，兴有未尽，补作小诗五首。前四首分赠王光、周一兴、陶一凡、马玉田四友，后一首留赠自己。此乃大觉寺欢聚之余音，嫋嫋焉，不必视为诗也。

一

珞珈山与昙华林，学生时代即比邻。
三十年后始相聚，相见恨晚互知音。

二

初识周公八二年，长者之风拂眼前。
从来不争名和利，豁达从容天地宽。

三

一凡待人极热情，笑口常开无愁云。
犹忆八三规划会，不期自来当“救兵”。

四

老马识途贵谨慎，看不清时不妄行。
深谢当年肯破例，伴我科院启山林。

五

我这一生最欠情，愧对亲友与家人。
巫山之云屡入梦，力薄偏要巫山行。

致高考“状元”

（2012年7月）

“状元”是花并非果，花果之间隔条河。
一生发展从长计，得意时莫阿弥陀。

海　燕

（2012年7月）

非如广场放纸鹞，无雷无雨不逍遥。
偏是海边雨狂日，海燕更比海浪高。

致友人

（2012年7月10日）

门前无柳树，天涯何处寻？
不为五斗米，也是大忙人。

再致友人

（2012年7月14日）

公诗悲情多，流淌成江河。
倘能减一半，生民也快活。

夏　悟

（2012 年 7 月 14 日）

春老夏又至，时光频频催。
鱼在树间游，云在水中飞。
人生疑是戏，总缘影相随。
何须瓶中尽，醉携夕阳归。

重聚香山

（2012 年 7 月 16、17 日）

（7 月 16—18 日，王光等 5 位在大觉寺欢聚的老友又同其他几位友人在香山相聚，续记之。）

一

香山雨后霁色开，老友重聚欢如雷。
不待中秋邀明月，王老已先嫦娥来。

二

人老心态第一要，友情可返当年少。
往事已成过眼云，心淡风清天也高。

三

中华自古重友情，友情之中蕴真诚。
莫道此次欢聚短，情满青山又一轮。

四

王老携来赠友诗，勉励有加愧受之。
深情汩汩溢诗外，扬鞭当如少年时。

五

王老聆听社科会，二十年前旧景回。
文启带头叙往事，兴奋之情似云飞。

六

今日天气分外晴，庭院错落少行人。
走在曲廊石桥上，老人拄杖也精神。

酒后即兴（二首）

一

（2012年7月17日）

香山怎能无诗香，老友催我写诗忙。
诗魂诗境在何处，杯中觅得天一方。
天高敢驰无缰马，何惧神仙笑我狂。
请看山边夕阳醉，万里云天披霞光。

二

（2012 年 7 月 17 日）

人生不是酒一瓢，志与天公试比高。
飞船已掠火星过，怎能杯中自逍遥。
无缘航天命早定，思驰天外亦天骄。
天马嘶鸣君闻否，宇宙深处走一遭。

访香山双清别墅

（2012 年 7 月 18 日）

双清乃是旧游地，转瞬五年已久违。
喜偕老友同探访，拂面晨风徐徐吹。
四外景物皆依旧，当年人事早全非。
赖有“历史旅行车”，风云际会走一回。
时光岂是无情物，历时弥久愈芳菲。
最是大军渡江日，主席巨臂挥风雷。
此情此景千秋在，如碑如磬立心扉。
我在塘前伫立久，树影迟迟已忘归。

悼黄世衡

（2012 年 7 月 19 日）

四川才子早出名，相识迟到四十春。
个人名利抛天外，校园文学自耕耘。
《教育世纪》赖君力，更兼夫人相助情。
五年卧床不知醒，蜀水处处唤君声。

悼吕型伟

（2012 年 7 月 19 日）

吕公西去讯突然，我从香山刚回还。
九十五年人生路，正直豁达天地间。
自诩教育活化石，实乃杏坛一柱天。
犹忆“三个面向”事，奋拨疑云功大焉。

京城大暴雨（二首）

（2012 年 7 月 22 日）

一

龙年七月二十一，特大暴雨袭京城。
天昏地暗雨如泼，汽车如舟水中行。
汛警一天升三级，六十年来第一巡。
拒马河边防洪急，众志成城战天倾。

二

暴雨是个大考场，答卷显然不一样。
抢险救灾英雄汉，趁灾索价小人肠。
派出所长勇殉职，教授写诗把景赏。
后者尽管是个例，却也使人深思量。

《春笋劫》续咏

（2012 年 7 月 23 日）

日日访竹林，奇迹终发生。
你拔我再长，脑煞拔笋人。
连拔三五次，竹林终未平。
胜属后发笋，虽矮亦将军。

梧　桐

（2012 年 7 月 28 日）

最喜楼前梧桐树，风致高标一字排。
夏日骄阳当空照，树下老妇抱孙来。

为柴窑释名

（2012 年 8 月）

柴进过继改姓郭，岂能同时又姓柴。
窑名缘何以柴称，其弟柴贵督窑来。

电视中看洪峰过三峡大坝

（2012 年 8 月）

天有云龙我地龙，横卧长江气势雄。
何惧三峡洪峰过，大坝如磐泄如虹。

非　梦

（2012 年 8 月）

非梦竟然也是梦，恰似飞鸟囚牢笼。
云山虽远终能至，缘何只在望眼中？

夏　梦

（2012 年 8 月）

荷风云影月光，远山近树湖塘。
休问船行何处，一起都入梦乡。

花下有约

（2012 年 8 月）

花下相约年年见，紫薇如约到时开。
孰料此君不守信，今年花开鹊未来。

竹　殇

（2012 年 8 月）

（此诗是《春笋劫》末篇，均实情实景。）
怎料煞星骤降临，断枝狼藉横竹林。
“抬尸游行”君见否？相约雪耻在来春。

忧　世

（2012 年 8 月）

只追现代化，不治现代病，
未到现代后，重病已缠身。
科技被妖魔，人变“机器人”，
地球垃圾场，世界难太平。

梦游嘉峪关

（2012 年 8 月 3 日）

梦中西出嘉峪关，只见黄沙不见天。
老友探古在何处？怎如行吟走江南。
忽闻空中哈哈笑，诸多诗贤隐云间：
“旧唱已与时俱老，正邀李公谋新篇。”

梦中咏

（2012 年 8 月）

不惧飞沙，谁在作画？
大漠孤烟，
长河落日，
窟内菩萨，
统统都无价。
我援孤烟为笔，
落日作砚，
笑展长空为纸，
四色就把万象画。

（“四色”隐指数学四色定理）

梦　断

（2012 年 8 月）

人生无处不天涯，处处天涯处处家。
昨夜云海月如舟，频频邀我访天下。
携酒登舟云飞动，清风相伴真潇洒。
长城大江眼中过，一路如诗又如画。
酒尽瓶取江河水，烟竭山中有烟霞。
追寻李公终一遇，嘉峪关外咏奇葩。
日出舟泊老龙头，茫茫大海一望收。
醒来不知家何处，月落梦断天涯路。

吟 梦

（2012 年 8 月）

时间不够用，梦里抢时光。
山河难再访，唯有梦中翔。
春梦早已去，秋梦比春长。
谁解黄叶意，幸勿笑我狂。

写诗忙

（2012 年 8 月 2 日）

缘何晨起写诗忙？伊人不在水中央。
群玉山头曾相见，别后各奔天一方。
往事如烟觅无处，人生似梦比梦长。
唯有手中痴情笔，不弃不离一行行。

荷 塘

（2012 年 8 月 5 日）

骄阳倦落西山去，月挂柳梢风送凉。
天人共醉无穷碧，夏夜最美是荷塘。

夏夜感怀

（2012 年 8 月 5 日）

大美天光与云影，小美莲叶与荷花。
年年夏夜聚北海，近在咫尺却天涯。

夏日月光会

（2012 年 8 月 14 日）

夏日月光会，云影权作幕。
谁人摇碧波？风在荷上舞。
忽闻短笛声，魂醉天涯路。
柳荫下登舟，今夜梦何处？

闻余自强留学英伦

（2012 年 8 月 16 日）

余晖有子名自强，人如其名攻读忙。
今日留学英伦去，自强之路不可忘。

和李树喜《敦煌·踏莎行》（步原韵）

（2012 年 8 月 19 日）

塞外飞沙，天人作画。
世间无处不潇洒。
喜观落日伴孤烟，
懒分艺术与菩萨。
对月吟诗，长空纵马。
风流自古皆无价。
慈航若可指迷津，
我何苦苦扁舟驾。

敦　煌

（2012 年 8 月 20 日）

大漠有圣地，敦煌集其成。
孤烟落日句，诗坛吟到今。
窟内壁画在，举世无与伦。
梦跨征骑去，扬鞭立昆仑。

赠漆雕世彩

（2012 年 8 月 24）

楚山有志，楚水有情，
楚地有才，楚天无涯。
楚月如舟，楚云似马，
君行何处？赋海为家。
古师屈子，近友梅花，
恢宏创新，双箭齐发。
楚风其浩荡兮，壮君大江东去，
群星共璀璨兮，光披巍巍中华。

权当在海边

楚风其浩荡兮

——读漆雕世彩《梅赋》

（2012年8月29日）

我亦楚人，不谙楚韵，犹如游子不识故乡的云和月，诚为憾事。同乡漆雕世彩独具深情，立志恢宏楚韵，持所著诗集《梅赋》来访，嘱我不拘长短写一篇评论。这真的把我难倒了。推辞不恭，写又不能，真乃楚天罚我，复何言哉！

谈到楚韵，不由得不首先想到屈原的《离骚》。我接触《离骚》，是从少年时读《〈离骚〉今译》开始的。当时正值抗日战争时期，在位于湖南的永兴县上初中。万衡校长请来了一位名士，住在学校，创作《〈离骚〉今译》，将油印稿散发给学校一些师生，并在师生中吟唱。我当时虽不甚懂，也可以说基本不懂，但那种气荡云天、情倾山河、韵味悠长的感觉，使我终生难忘，甚至连那位名士吟唱的神态都依稀在目。世彩先生持《梅赋》来访，使我不禁同七十年前的这件往事联系了起来，今昔相望，备感亲切和兴奋。屈子其归来兮，昔遇名士作《〈离骚〉今译》以飨时人；楚韵其恢宏兮，今更有楚地骚人献《梅赋》而试笔。楚天之云出巫山和五嶷兮，飞越千古；楚江之水历云梦和三湘兮，万里流长。

《梅赋》一书，以《梅赋》篇为首，其长篇巨制，为屈、宋之后两千多年所仅见，同时还编入了其他二十余篇，读后非常兴奋。对这批赋本身，我自恨根底浅，情怯不敢妄加评说。这是实话。不久前，我曾写过几句短诗："早年读书不认真，及长治学终难成。未经沧海也知水，到了巫山不识云"（《书悟》）。但是，作为一个读者，我要拍案说一个字："好!"好在何处？其感有四：一是楚辞古奥难读，而《梅赋》通篇无古奥难懂处，虽似山高林密，奇石嶙峋，但读来却感一路风光无限，老树屡见新枝，引人入胜，无"蜀道难"之憾。此乃作者才华横溢，极尽骚体诗之长，而又能匠心独运，楚韵淡抹，如楚天秋云，益增其魅力。二是，梅乃中华诗词的一个永恒咏题，词人骚客几乎无人不咏梅。但作者却能另辟蹊径，从其友人所绘梅画入梅，使读者跟随作者走进一个梅的世界，把梅的神魂、风骨和情怀淋漓尽致地咏了个"透"，可谓集古今咏梅之大观，更上了一层楼。三是，把梅人格化，以梅喻人才，由梅及人，在与古代诗贤相会中，借龚自珍《病梅館记》愤怒抨击世间各种埋没、压抑和摧残人才的现实，发出震撼天庭的呐喊。这是《梅赋》中的最强音和高潮。可以说，它实际上是一篇难得的将梅人格化了的长篇人才诗。四是，整个赋的艺术结构独特，手法奇妙。似繁而简，小中孕大，从观画进入，最后又从画中跌出，使人如梦境醒来，回味无穷，领会到艺术中真幻合一、古今连通、人神（人天）对话、物我两忘的境界。与陶潜《桃花源记》异曲同工，美哉，妙哉！我喜梅，也读过一些咏梅之诗作，还从未有过像这次读《梅赋》时的震撼。此乃我虽不谙楚韵却自告奋勇“敲边鼓”之缘由也。

特别要提及的是，在读《梅赋》后我又读了《梅赋》一书中作者所写的序言。由赋及序，我的认识也在升华。其中，我有一个强烈的感觉：此公对恢宏骚体诗之情与志，确如楚江奔流之水，不可以阻，不可以斗量。要起骚体诗（或者说是楚辞、楚韵）两千年之衰，就要有这样一种情与志，这样一股子劲，和这样一种“筚路蓝缕，以启山林”的奋斗精神。天降斯人，勇当此任，此楚韵之幸也，诗坛之幸也，亦当今中华文化复兴之幸也。

以屈子《离骚》为旗帜为代表的骚体诗，是国之瑰宝，巍然傲立于诗歌大江的入口处，雄视着依地势东流并与其他河流汇合所形成的形态各异、各领风骚数百年的江河湖泊。在近两千年中，其势虽衰，然其神魂美韵却无不融进各个时代的诗体之中，或隐或显，星辉璀璨，波光曜金。真可谓：起于楚天，月涌大江，盛时极伟，衰也魂立云间，韵附九派，百世流芳。仰望云天，盼屈子其归来兮，携李、杜、苏诸诗贤行吟大江南北，长城内外，海峡两岸。环顾四方，喜当代诗人之群起兮，诗接千载，百舸争流，涛声壮远。天降斯人，当起楚辞历两千年之衰兮，壮志凌云，恢宏创新，世所盼焉。

对于古体诗词（当然也包括辞赋）的传承和创新，我是“一体论”者。即：“老中孕新，新中扬老。新从老出，老因新高。亦老亦新，亦新亦老。秋色春光，一体为宝。”（《与友人论诗》）首先要“学步”，多读点古体诗词，学着写点古体诗词。必要的模仿是需要的，但千万不要误入“效颦”之途。有了根基，就要敢于萌新芽，发新枝，探索着往创新的路上去。根基越深和创新的意识越强，就越好。此论不知如何，借此机会请教于诗壇诸位师友。

最后，写小诗一首，题为《赠漆雕世彩》，以结束此文。诗曰：

楚山有志，楚水有情，
楚地有才，楚天无涯。
楚月如舟，楚云似马，
君行何处？赋海为家。
古师屈子，近友梅花，
恢宏创新，双箭齐发。
楚风其浩荡兮，壮君大江东去，
群星共璀璨兮，光披巍巍中华。

梦秦皇

（2012 年 8 月 31 日）

我家楼后有高台，昨夜秦皇梦里来。
台前欲借梧桐树，深悔坑儒太不该。

积水潭医院即景

（2012 年 9 月 8 日）

积水潭边访鸳鸯，小小宫室潭中央。
半潭荷叶可蔽日，半潭涟漪漾天光。
柳荫曲栏皆依旧，瀑声桥影闲亦忙。
一群鸭鸭列队过，问我住在啥病房。

说写诗

（2012 年 9 月）

不明世上何为诗，却又写诗难自持。
平仄无矩任它去，但效雪花入梅时。

诗　悟

（2012 年 9 月）

世间处处有诗根，静待雨后伴情生。
何不再脱一层壳，休与诗人竞蝉鸣。

沉船吟

（2012 年 9 月 16 日）

大江东去，江底多少沉船。
江上风流江底恨，通统皆云烟。
若说三国周郎赤壁，
亦曹公大意，东风起偶然。
胜败论英雄，情理实难圆。
其后降幡出石头，终归魏晋一统天。
沉戟淘沙非一事，英雄只宜历史看。

赠树喜

（2012 年 9 月 17 日）

行吟天下，江山皆诗。
指点历史，激扬文字。
情理交融，执允公正。
当代诗坛，能有几人？

路　遇

（2012 年 9 月 26 日）

路人问我六十几？笑答今年八十三。
言罢补句谢谢您，心中得意似鸣蝉。

葫　芦

（2012 年 9 月 26 日）

瓜架结个大葫芦，大肚便便似尊佛。
虔向葫芦求仙药，谁知比我更糊涂。

项羽和吕布

——读〈虞姬墓〉联想

（2012 年 9 月 26 日）

项王吕布多相似，实则刚节大不同。
项王虽败壮士气，吕布虽勇小人胸。
乌江千年哭英杰，吕布毙命一条虫。
虞姬貂蝉各可叹，一殉英雄一狗熊。

遥寄树喜

（2012年9月28日）

一

捕君更比追日难，怎料又现武当山。
东西南北全无矩，孙猴筋斗到处翻。

二

我曾武当山下过，直奔十堰未上山。
总推日后天长久，过了此村无此店。

三

此身几成笼中鸟，诗要找我闹离婚。
羡君时在千里外，江山处处觅诗魂。

（公诗深沉似海，厚重如山，飞腾比云，轻灵若燕。后二者今知之矣。又及。）

闻袁星岳走上工作岗位

（2012年10月1日）

泉水出山奔大江，白云出岫飞四方。
金融也是风云会，看看谁是好儿郎。

赠方青羽[1]

（2012 年 10 月 21 日）

天地一青羽，降临在神州。
不随风起舞，五洲任遨游。

中秋趣事

（2012 年 10 月 1 日）

“十五月亮十六圆?”独步庭院仰问天。
引得嫦娥掩面笑：“有眼怎不自己看”。

问　天

（2012 年 10 月 1 日）

白天居家如笼鸟，梦里觅家不得归。
缘何天公总戏我，事事处处皆相违。

---

① 方青羽，敢峰的孙女。

秋　韵

（2012 年 10 月 4 日）

秋山壮丽，秋水迷人。
秋风浩荡，秋月有情。
秋云似马，催我远行。
斯秋韵也，率土之滨。

人　生

（2012 年 10 月 9 日）

人生一杯酒，权作醉中游。
人生一场梦，醒来万事空。
人生一出戏，骗人又骗己。
人生一首诗，此情无尽时。
白云飞不尽，长江不尽流。
人生如短笛，曲终情未收。
更有后来者，相继结为俦。
共为人生奏一曲，长在天地逞风流。

秋　郊

（2012 年 10 月 16 日）

偕友京郊觅秋韵，四顾绿意犹未衰。
田野秋粮早收尽，农家院里酒杯杯。

轩辕台

（2012 年 10 月 16 日）

秋高喜登轩辕台，莫待如席雪花飞。[①]
谪仙今又醉何处？一叶云舟天际来。

盘　山

（2012 年 10 月 17 日）

美哉京东第一山，方圆百里擎玉盘。
石径蜿蜒入仙境，绿树桥畔听流泉。
挂月峰前观挂月，三盘胜境任留连。
景色不逊江南美，风韵却又不一般。
“早知有盘山，何必下江南”。
乾隆此言莫全信，否则何造谐趣园？

平谷挂甲峪[②]

（2012 年 10 月 18 日）

俨然现代桃花源，挂甲峪里秋阳天。
三面秀峦披云立，田水林路齐上山。
屋挂鳞甲红片片，村前溪水声潺潺。
六郎后裔今何处，村民相邀来过年。

---

① 李白游此，有“雪花大如席”句。
② 北宋杨六郎曾在此挂甲。

重阳前一日答树喜

（2012 年 10 月 22 日）

重阳未至诗先至，诸友群来我未来。
因信明年还相见，瓶中预存酒一杯。

收　条

——复树喜

（2012 年 10 月 23 日）

晨起收到一字诗①，无花无果无树枝。
此物最能传秋意，催我重阳登高去。

重阳日

（2012 年 10 月 23 日）

梧桐深院不知秋，为追秋光京外游。
盘山归来兴未尽，漫翻诗集觅山头。

① 李树喜发来短信仅一字：叶。

秋　心

——和李树喜《防城港小诗》

（2012 年 10 月 24 日）

秋风吹我到天涯，既非落叶也非花。
只因心随征帆去，不知何处是我家。

古代寒士

（2012 年 10 月 24 日）

风花雪月松竹梅，柴米油盐酱醋茶。
同为开门七件事，长年装点寒士家。
功名富贵挂天外，耻对天空吹喇叭。
倘真馅饼从天落，双手抱头喊爹妈。

龙年盘点

（2012 年 10 月 26 日）

苦迎春风来，匆送春归去。
花开一阵风，夏梦聊为继。
秋登轩辕台，谪仙未一遇。
小院长相守，一年冬又至。

顿　悟

（2012 年 10 月 27 日）

欲抛一片石，搅动大海水。
当嘲不自量，石沉海底去。
然陨石天降，却何响惊雷？
同乃石一片，抛者看是谁。

龙年纪龙

（2012 年 10 月 29 日）

冰开潜龙动，群芳齐欢舞。
未几龙飞天，搅动云和雨。
兴尽自远游，一览江天暮。
谁知雪飞时，它又隐何处。

观美国大选

（2012 年 10 月 30）

堂堂大国竞选总统，怎似小儿比划拳脚？
飓风“桑迪”来搅场，乃愤选战看不得。

九月十五夜

（2012 年 10 月 30 日）

一

九月十五月亦圆，岂逊八月中秋天。
怎奈实至名不至，如同诸事在人间。

二

独步小园仰望月，寂寥唯有寒星知。
树影一地无人扫，天涯谁与共此时？

籁　殇

（2012 年 10 月 31 日）

春不闻鸟鸣，夏未听蛙声。
秋虫亦寂寂，严冬更无论。
此乃何象也？籁失虫鸟音。
补天还须补天籁，莫要让人梦里寻。

芝麻与西瓜

（2012 年 10 月 31 日）

白天种芝麻，梦里抱西瓜。
芝麻比瓜真，瓜比芝麻大。
人生怎无梦，梦里无真假。
欲抱西瓜归，到瓜田李下。

戏　问[①]

（2012 年 10 月 31 日）

不要西瓜要芝麻，诗人一语惊天下。
敢问道士栽桃树，是否还栽李公家？

皆大欢喜[②]

（2012 年 11 月 1 日）

你要芝麻我要瓜，结出蟠桃归孙家。
如此这般甚是好，各取所需不吵架。

---

① 李树喜读《芝麻与西瓜》后发来短信："哈哈，我要芝麻，不要西瓜。西瓜便宜，芝麻高价。芝麻可四季储存，西瓜盛行秋夏。"故有此问。

② 李树喜答《戏问》："种豆得瓜寻常事，消受蟠桃是泼猴！"

晨　月

（2012 年 11 月 2 日）

昨晚太阳落山去，今早月亮升起来。
淡扫蛾眉云衣动，伴君登上观日台。

球　迷

（2012 年 11 月 3 日）

举行星际运动会，各路球迷早早来。
太阳踢进球门里，狂挥白云跌入海。

海上渔歌

（2012 年 11 月 3 日）

一

你在西方我东方，盛衰变化本寻常。
劝君莫恋霸王梦，遣云怎能遏太阳。

二

太平洋上不太平，半由天公半由人。
如魔飓风接踵至，频繁军演压境云。

三

东边有个钓鱼岛，祖先捕鱼常到此。
乃我海疆乃我土，怎能任人霸占去。

四

何惧海上风云恶，大浪滔天伴一生。
莫看渔家船儿小，保渔卫疆中华魂。

五

但愿风息云散去，太平洋上共月明。
捕得鱼儿销天下，远客近邻一家亲。

北京初雪

（2012 年 11 月 5 日）

巨大暴雪袭延庆，五十年来第一巡。
京藏高速遭阻断，车困风雪遇亲人。
全市警民齐奋战，打败雪魔天放晴。
今夏暴雨冬暴雪，天公何故屡无情？

梅自叙

（2012 年 11 月 8 日）

风花雪月本一家，怎敢诗人把我夸。
只缘三季无人问，故在寒冬伴雪花。
请看雪中疏影动，风月如约都来啦。
何须我报春消息，无限生机孕雪下。

答李公问梅

（2012 年 11 月 8 日）

身居京城莫问梅，观梅请进花展会。
无雪无月也无风，怎能悟出梅韵味。

梦遇大雪

（2012 年 11 月 10 日）

老汉行年八十四，途遇大雪不得归。
酒家闭门拒纳我，怒向寒风吟雪梅。

八十四自嘲

（2012 年 11 月 10）

小子瞬已八十四，正是雪花漫飞时。
阎王闭城不收我，还须再写吟梅诗。

盘山桥畔①

（2012 年 11 月 11 日）

泉水出山奔大海，我上山访出岫云。
桥畔相遇道珍重，云水一家天地情。
早年曾怀扬帆梦，此志犹萦老人心。
风云际会云千里，不待来生待后生。

读　史

（2012 年 11 月 13 日）

人才遍于草野，英雄起于激流。
大江浪涌日月，谁与一醉方休。

① 此诗乃盘山归来后补吟。

复王文光[1]

（2012 年 11 月 14 日）

王老此言，我心难安。
互为师友，天地乃宽。
摘掉老帽，我更欣然。
当小学生，活一万年。

桐下吟

（2012 年 11 月 15 日）

一

寂寞梧桐一径深，天天共我度晨昏。
凤凰飞落高台去，莫负秋桐一片心。

二

凤凰台上凤凰游，莫醉大江一望收。
江底沉船江上雾，船夫自古领风流。

---

① 王文光乃原国家专利局高工。

井底吟

（2012 年 11 月 16 日）

身在井底也观天，井底观天也是天。
不观日出与日落，但观晴雨风云变。
莫叽井蛙目光短，却胜云端看人间。
井口装上望远镜，当邀星空来赴宴。

复袁志华[①]

（2012 年 11 月 16 日）

平实亦难拙更难，拙比巧高两重天。
拙乃崇山巧为水，专在山间打弯弯。

又见喜鹊

（2012 年 11 月 21 日）

入冬屡见一喜鹊，不登高枝不唱歌。
独在庭前自觅食，不知民间喜事多。

---

① 袁志华乃北京商丘商会秘书长，《中国辞赋》编委。

初冬吟

（2012 年 11 月 20 日）

严冬比酷夏，初冬犹早春。
当今踏雪者，即是访春人。
一年分四季，各季也要分。
除严寒酷暑，岁月皆有情。

冬令曲

（2012 年 12 月 23 日）

春日桃花夏日荷，秋日处处明月歌。
今日轮我唱大戏，清扫江山开新锣。
愿君莫咒北风烈，长城内外大雪飞。
四季之中倘无我，敢问春姑怎再归？

竹园小居[1]

（2012 年 12 月 27 日）

告别桂林倦游回，又来竹园探雪梅。
松竹迎我入幽径，曲廊亭阁紧相偎。
傍晚升起后海月，考我名园旧属谁。
庭前梦遇盛宣老，刚从海岛钓鱼归。

---

① 竹园位于北京后海附近的小石桥胡同，系清末盛宣怀在京旧居。慈禧太后曾颁懿旨，将东海钓鱼岛赏给盛宣怀。

观　雪

（2012 年 12 月 29 日）

晨起四望一片白，银树银楼银世界。
缘何天公造至美，真伪善恶俱掩埋。
犹忆当年下乡去，密云水库雪横飞。
我捕雪花如捕蝶，此景可再梦里来？

为杨敬东七十寿辰而作

（2013 年 1 月 2 日）

吴中才子西行归，栖居湘江伴翠微。
一心研究人才学，为使神州尽芳菲。
三湘院士成师友，孜孜尤重潜人才。
年届古稀不言老，强国梦中走一回。

和《蛇年打油》

（2013 年 1 月 18 日）

一

龙本草中蛇，飞天变为龙。行空唤云雨，不可一世雄。我生龙年不喜龙，将尾甩进次年中。自信蛇年比龙好，莫把蛇年也唱空。

二

自古诗人多悲愤，此调可不古今同？
天有雾霾和晴雨，风有东西南北风。
世间本是混沌场，海晏河清任重重。
愿公诗笔分五色，共谋今朝济世穷。

八十四戏作

（2013 年 1 月 18 日）

一

年届八十四，双峰相对峙。八者谐音发，四者谐音死。是死还是发？天地两不知。言发我无缘，距死尚有时。不死也不发，世间一顽石。

二

八者怕，四者死。八四谐音是怕死。七四未气死，八四不怕死。九四有一生，闯过百岁去。

五

沸腾岁月中的诗

青年敢峰

土改的干部回来了

（1955 年）

“喂，三娃
你看，
是哪一股风把土改时的干部吹回来了，
穿着旧灰布制服，
背着粪筐，
在路那边正弯着腰。”

“二哥，
你扭头快看这边，
那个高个子是谁？
怎么和春哥一起往田里把粪挑。”

“咦，
怎么今天地里有这么多穿灰制服的人，
看，那不是新上任的县委书记？
三娃，快回家告诉咱娘，
土改时的干部又回来了。”

同志，请住俺家

（1955年）

“同志，请住俺家，
就在俺家吃饭。
今天你够累了，
早点歇歇，明天再干。
县里有个王同志，
你是不是认得？
土改时他就住在俺家。”

“不行，春哥，
这同志一定得住在俺家。
自从土改的干部走后，
俺娘就天天盼着他们回来看看，
今天一早听说回来了，
千叮咛万嘱咐，
一定让俺把同志请回家。”

满天星，亮晶晶

（1956 年 1 月 3 日）

满天星，亮晶晶，
毛主席的话，
照亮了千百万贫苦农民的心。

你预见
全国农村社会主义高潮就要到来，
你教育全党干部，
要与我们共命运，同呼吸。
你支持我们说，
这“三户农民”所代表的方向
就是全国五亿农民的方向。
毛主席呀，
我们听见了你的话，
就好像久旱的田地上，
降了一场丰沛的大雨。

毛主席啊，
我们懂得了：
农民不走社会主义的路就不能富裕。
守着几亩薄田，两间破屋，
降下一场天灾，
就会衣食无着。
我们不摆脱小农经济，

资本主义就要扼死我们，
少数人剥削发财，
大多数农民依然贫困受苦。

毛主席啊，
我们要联合起来走共同富裕之路。
今天我们使用马拉犁等新式农具，
明天我们还要开拖拉机、联合收割机，
在这广阔的田野上奔驰。
我们看清楚了，
你指出的是一条光明幸福的大道，
世界上没有任何力量，
能够阻挡我们前进。

似有所思

并驾齐驱（50 年代于北海）

东北行（组诗 8 首）

（1956 年 1 月初）

车过山海关

太阳从东方云际里
发出万道霞光
我被火车头兴奋的汽笛声惊醒
这时正是山海关的早上

经常出入山海关的人
对山海关也许不感到新鲜
但对我初次出关的青年
心里却像悬崖下汹涌的浪涛一般

山海关和万里长城
像巨人一样屹立着
自古就抵御着外敌的入侵
保卫着祖国的边防

我站在车站天桥上远望
长城沿着山腰直插云端
高空有两只苍鹰正飞翔
在凭吊这古战场的山巅

历史的巨轮滚滚向前
祖国的建设热火朝天
昔日关外的漠漠荒野
今天已换了人间

不眠之夜

来到沈阳我住在一家旅馆的楼上
在月色和烟雾的笼罩下
工厂里机器在轰鸣
火车在鸣着汽笛飞跑
虽然已是夜晚
但夜班的工人们还在愉快的劳动

我从窗口望出去
工厂的烟囱密布如林
灯光像天上数不尽的繁星
我们美好的祖国啊
是人类历史海洋中的一只巨轮
它正朝着美好的日子全速航行

为了第二天紧张的工作
本来想晚上好好睡一觉
但是这建设社会主义的美妙画面
让我激动的心难以平静
整夜不能入眠

沈阳的早晨

早晨，沈阳在雾海中醒来
当太阳还没有喷射出黎明的光芒
电车已经出厂
在铁轨上发出愉快的轰响

高楼窗户里的灯光
都渐渐亮了起来
辛勤劳动的人们
比太阳还先起床

解放初在武汉大学（中为中共中央中南局宣传部教育处长陈健，右为武大党委书记。）

和风雪搏斗

雪，纷纷扬扬地下着
飘过电车
飘过人行道
飘过高楼的屋顶
乌云压得比屋檐还低
北风卷着雪花发出撕裂的啸声
人们照常在人行道上行走
学生照常背着书包上学
工人照常去上班
电车照常在铁轨上嘶鸣

每个人
都在风雪中
照常走上工作岗位

在一条马路口上
有一户人家
儿子和儿媳上班去了
小孙子也去上学
老人家佝偻着腰
在人行道上
不住地为行人扫雪

树枝被雪压弯了腰

河水冻结了
大地冰封
万种生灵蛰伏
但是劳动者
却在热情
紧张地工作
钢水奔流
机器轰鸣
花布像飞瀑一样倾泄
火车喷着白气驰过了原野

在风雪中
青年人
老年人
工人
军人
所有的人都融化在
社会主义建设的春天里

在北京

鞍钢，我走近了你的身旁

鞍钢，我走近了你的身旁
虽然我离你还有几百里路
但我毕竟来到了东北
来到了你的家乡
我好像看见了你的高炉耸立在天空
看见你出钢时的红光照亮了厂房

鞍钢啊
远方的人们都用殷切的目光看着你
因为你是祖国人民宠爱的儿子
你身上背负着人民的希望

鞍钢啊
虽然我就在你的身旁
但我没有时间拜访你
让我衷心祝愿你为祖国生产出更多的优质钢

鞍钢的工人大哥啊
你们辛苦了！请接受我的诚挚问候
祝愿你们家庭幸福身体健康
美好的生活蒸蒸日上

从沈阳到长春

这段行程正是夜晚
只有天上的星星在眨眼
收割后的辽阔原野
灰蒙蒙的呈现在眼前

虽然夜里没有阳光
看不见平原上的村庄
看不见如火如荼奔向社会主义的人群
但想起毛主席关于农业合作化的指示
我就仿佛看见
我们敬爱的毛主席
正在广大农村缓步巡行
在满天星光下
正和农民亲切交谈
指示着摆脱贫穷的路径

虽然夜里没有阳光
看不见平原上的村庄
看不见如火如荼奔向社会主义的人群
但是我看见了农村中
点点灯火像星光一样闪烁
农民们正围在火炉边
商量着加入合作社
这些农民已经有许多夜晚没睡好觉
毛主席的话像一团幸福的火
在千万贫苦农民的心里燃烧

黎明到长春

一声汽笛划破黎明的长空
群鸟奋翅在蓝天翱翔
高耸的烟囱在天际挥手
欢呼东方升起的太阳

天边的太阳像一朵大红花
年轻而勇敢的人无不爱他
谁骑着一匹追风快马
身后撒下了满天云霞

沐浴在幸福阳光下

每走到一个地方

每走到一个地方
我都看到人们在辛勤劳动
到处都耸立着新的建筑群
到处的脚手架都高耸入云

每走到一个地方
到处都充满劳动的歌声
充满汽笛、马达和机轮的欢唱
充满起重机和水泥搅拌机的悦耳声响

我们要在平地上建立工厂
要在荒僻的深山开出宝矿
我们要无数的金色瀑布倾泻
要铁路、公路像密布的蜘蛛网

为了建设社会主义
人们都在忘我的劳动，愉快的歌唱
像春花开遍原野
我们将有上百个抚顺和鞍钢

每走到一个地方
到处都充满了劳动和理想
过去不出门的大姑娘
当了人民的电车司机

放牛娃当上了人民的县长
勘探人员在寻找着
未来的石油城
炼钢工人从炉前倾泻的钢水中
看见了他们炼的钢
变成了长江大桥耸立在江面上
变成了火车头穿越平原和山冈
变成了飞机和军舰保卫着祖国的领空和海疆
变成了无数的机器在轰响
农民们在无边无际的田野上辛勤耕耘
成千上万的国营农场和合作社在出现
到处是一片片金色稻田和麦浪

我们将来的日子多么美好
我们的劳动是多么幸福和愉快
在瑰丽的阳光下
连耸立的烟囱
都在向天空诉说着自己美丽的理想

理想

我亲爱的祖国

（1956 年春）

我亲爱的祖国啊
当我还是孩童的时候
你还在灾难深重的峡谷中

如今我们的祖国啊
像一轮红太阳在东方升起来
我也由一个无知的孩童
走上了建设岗位
我摸着每一块砖石
每一根木料
都感到无限的幸福
因为我们在用自己的双手
建设社会主义乐园

春天里的春天

北京五月的槐花

（1956 年 5 月 16 日）

五月的北京啊
马路两边的槐树
开满了洁白的花
点缀得京城异常漂亮

一阵风吹过去
马路上下了一场花雨
汽车和人流
在花雨中匆匆穿来走去

月亮高高悬在天空
槐花香气四溢扑鼻
孩子偎在妈妈怀里
闻着芳香甜甜地睡去

美丽的北京
浸在五月槐花的海洋里
北京的人们啊
过着花一样美丽的日子

幸福的泉水在我们心头喷涌

（1956年初夏）

幸福的泉水
喷涌在我们心头。
年轻人的心啊，
像春天里的花朵
在朝阳下披着晨露。

我们生活在这辽阔的土地上，
头顶照耀着社会主义的阳光。
摆在我们面前的道路
是如此宽广，
像鱼儿在海中翻跃，
像鸟儿在天空飞翔。

在我们国家，
所有的鸣禽都在歌颂伟大的祖国。
每一棵小草，每一棵树木，
都呼吸着自由和幸福的空气。
解放后的六亿人民，
都拥护中国共产党。

我们没有忘记，
帝国主义时时在觊觎着我们。
我们分分秒秒都在戒备着，
一旦祖国召唤我们，
我们就立刻拿起武器，
奔向保卫祖国的战场。

我们的都市

（1956 年夏）

我们的都市，
是劳动的都市。
在街道上，
人群像河流一样
来往不息地奔流。
有的刚从电车上下来，
又急忙跑上公共汽车。
有的人手提公文包，
在人行道上匆匆行走。

有人往东，
有人往西，
有人往南，
有人往北。

有的是干部，
从宿舍到机关上班，
有的是工人，
从家里到工厂去上工。
有的是学生，
戴着红领巾背着书包去上学。
有的是外地出差的工作人员
夹着皮包在向警察问路。

上下班的高峰，
公交车站上
候车的人排成条条长龙。
高峰过后，
公交车厢内
乘客稀稀疏疏。

到了星期天，
都市里像突然增加了几十万人口。
人群像洪水一样，
涌向公园，
涌向电影院，
涌向百货公司。
街道像淤积的河流，
人群在拥挤中缓缓行走。

假日在北海

1954年初到北京

歌唱祖国

（1956 年夏）

亲爱的祖国啊
你是一个巨人，屹立在东方
你和苏联及各社会主义国家一起
高举着和平、民主和社会主义旗帜
脚下濯着太平洋上美帝国主义
掀起的惊险风浪

年轻的共和国啊
我们随时都在警卫着保护着你
我们把社会主义的蓝图
铺开在你辽阔无边的胸脯上

为了实现第一个五年计划
无论是在温暖的阳光下
或是暴风雨中
我们都在紧张劳动着
你听啊
汽笛
马达
起重机
拖拉机
在工地上
在田野里
在深山中

日夜不停地轰响

鲜花开遍了春天的原野
怎比得我们新盖的雄伟美丽的厂房
天上数不清晶莹的星星
竟被工地的灯火啊，羞愧得暗淡无光

天天深夜我伏在窗口

（1956年10月9日）

天天深夜我伏在窗口
贪看逐渐入睡的北京城
当家家户户的电灯都疲倦地闭上眼睛
当四邻的孩子响起了熟睡的鼾声
中南海的窗子上还透出点点灯光
和天空的星星一起闪烁到天明

朋友，痛快地洗个温水澡吧

（1956年秋）

朋友，在群众批评的风雨中
痛快地洗个温水澡吧
洗掉官僚主义和宗派主义的灰尘
你会变得格外年轻和聪明
惊喜地发现群众对你特别亲近
意识到过去有些事情
自己处理得太愚蠢

海防前线

（1956 年秋）

风呼啸着
浪涛拍打着海岸
海燕穿过云层
在汹涌的海面飞旋
悬崖上
挺立着英勇的边防军战士
月光下的刺刀
银光闪闪
战士身后铺着万里锦绣河山

面对

云啊，骄傲的飞吧

（1956 年秋）

云啊，骄傲的飞吧
在祖国辽阔的土地上
到处都是你温暖的家
你疲倦了
每个山头可以拥抱而睡
每一条溪流
都把你的行迹牢牢记下

我听见你在惊叹着
祖国几年来变化的奇迹
你和工厂烟囱的浓烟
紧紧拥抱
难解难分
你刚骄傲的陪着太阳
参观工厂里的金色瀑布
又带着满天星星啊
去访问合作化后的农村

一切为了祖国

（1956 年秋）

祖国啊，昨天为了你的诞生，
无数优秀儿女献出了生命
千百万无名英雄埋在时间的海里，
就像天空数不完的闪烁的星星。
今天为了建设幸福的社会主义，
无数优秀儿女，
在工厂里日夜操纵着机器，
在广阔的田野上风里雨里辛勤耕耘。
我们要用劳动的汗水，
把社会主义建设蓝图，
变成美丽的奇景。

为何这样严肃

我怎能捺下这颗心[①]

（1956 年 11 月 5 日）

读书声惊醒了未名湖的微波
鹰在巍峨的塔顶翱翔
天天早晨我坐在宁静的湖边
我的心却随着白云飞向远方

我的心飞向祖国的钢都鞍山
那里钢水在沸腾，机轮在转动
头顶的浓烟像团团美丽的云朵
烟囱像无数巨臂紧抱着天空

我的心飞向长江工地
一个钢铁的长虹将要跨过那里
从三峡涌来的波涛滚滚东去
一列列火车轰隆着横过天际

我的心飞向克拉玛依
飞向那石油之海的柴达木盆地
春风和人的欢笑惊走了荒原上的野马
一排排的厂房和帐篷在黄沙中屹立

生长在这宽广美丽的国土上

---

① 20 世纪五十年代，敢峰在中宣部工作时常到北京大学等高校了解教学情况并住在学校。这是他在北大未名湖畔写的并存留下来的一首诗。

生活在这劳动热情奔放的年代里
年轻人火热的心啊
怎能关在这一片幽静美丽的校园里

美丽的未名湖啊
虽然你朝朝夕夕陪伴着我们
太阳下去，月亮上来
但是我们的心啊，却两次三番离开了你
要不是祖国号召我们学习本领
要不是许多伟大的事业要我们将来去建立
我怎能捺下这颗心啊
在这幽静的校园里坐下来学习

是谁在守卫着祖国的边疆

（1957年1月）

是谁在守卫着祖国的边疆
使祖国的每个城市和乡村都睡得这样安详
孩子们静静地酣睡在母亲的怀抱里
满天的星光啊，轻轻地覆盖在无边的原野上

如林的烟囱在清朗的夜空矗立着
柳条含羞地在湖边抚摸着月影
夜深了，我和爱人漫步回家
沙沙作响的树叶好像对我们说“再见”

陕西抒怀（组诗5首）

（1957年4月）

高压线唱歌，风在和

抒怀之一

狂风挟着满天风砂席卷而过
太阳像一面古镜在天空挂着
隔窗我眺望着辽阔的原野
听，高压电线唱着歌，风在和

风砂中闪烁着万点灯火
帐篷中一群人围蓝图坐着
明天原野上将竖起新的矿井
高压线架设者把月亮挂在电杆上
正在紧张工作

望　山

山腰里的筑路工人

抒怀之二

不管风起云涌
山腰里
筑路工人的劳动热情啊
把半个天烧红

不管狂暴的风吹雨打
山腰里
筑路工人坚强昂扬的意志啊
像暴风雨里翱翔的雄鹰

雨过天晴，乌云离开山顶飘去
山腰里
筑路工人的歌声啊
像瀑布在峡谷中喧腾

海　风

渭惠渠边即景

抒怀之三

渭惠渠像一条黄金的带子
系在关中平原身上
它灌溉着四周的土地
发出愉快的声响

原野上的麦子长得又高又绿了
万顷翠绿簇拥着远近的村庄
几辆推草的车子停在跌水闸的旁边
农民在渠边坐着休息，边抽烟边看夕阳

游骊山

抒怀之四

一股温泉从山脚下流出
头顶的白云静静依偎着山巅
绝代的贵妃曾披着薄纱在这里沐浴
封建王朝在这里修下了楼台庭院
如今山腰里红旗招展
数不尽的游人在这里休憩留连
旧时代一去不再复返
人们的笑声像朵朵白云直飞上天

灞桥春色

抒怀之五

渭水边耸立着一座巨大的发电厂
灞桥的春色从此变得美丽而雄壮
桥下的浊浪不再流泻悲痛和离愁
春风吹动流水，发出愉快的声响

发电厂的一个年轻工人
爱上了农业合作社的一个姑娘
月亮照着他们来到河边
河水啊，今夜流得格外响亮

两个人在河边走着
心里像浪花一样翻腾
年轻的恋人啊
即使你们不说一句话
河水也会替你们倾诉爱情

星星在头顶上眨着顽皮的眼睛
柳条在水面含羞的依偎着月亮
多么美满的一对啊
一个是能干的小伙子
一个是美丽勤劳的姑娘

我们的发电厂和农村也好像互相爱上了
四周绿色的田地紧紧地拥抱着灰色的厂房

风中起伏的麦浪像是姑娘美丽的裙子
高举的烟囱啊，像是工人们雄健的臂膀

渭水边耸立着一座巨大的发电厂
灞桥的春色从此变得美丽而雄壮
桥下的浊浪不再流泻悲痛和离愁
春风吹动流水，发出愉快的声响

去吧，亲爱的勘探队员

（1957 年 4 月 25 日）

去吧，亲爱的勘探队员
再见吧，年轻的恋人
喝了这杯酒
勇敢地踏上征途
看啊，柳梢上多情的月亮
也在和你饯行

此去翻山越岭
不要怕山高路难行
要像雄鹰在天空翱翔
要像狐狸在山间飞奔
不要害怕那深山的荒凉和寂寞
当你抬头看见白云紧紧地拥抱着山头
那就是我对你的爱情

穿越深涧和溪流
不要嫌浪激水冷
浪花飞迸着，唱着歌

那是我在激励着你前进

去到黄河的源头
喝一口黄河水
要学黄河那样雄浑伟大
爬上昆仑山巅
咽一口昆仑山的雪
要学昆仑山那样雄劲绝伦

撒开手去吧
无论走到沙漠
走到森林
我都像那天空的月亮
陪伴着你同行

啊，再稍等一等
你曾否牢牢记住月下花前的誓言
不要被远方美丽的女郎迷住了心
故乡村前的柳林和村后的流水
时刻都在盼望着你的音讯

都是长城好汉

双飞翼

三代人

闻美国将“斗牛士”导弹运往台湾

（1957年5月11日）

美国把“斗牛士”导弹运往台湾
华尔街老板挺着大肚皮笑开颜
自以为台湾海峡的风雨归他指挥
想袭击谁就可以随意向谁开战

台湾海峡的潮水
翻滚着愤怒的巨浪
天空云里的月亮
也怒目相向
从朝鲜、越南到印度等等地方
人民的怒吼像冰雹一样砸在玩火者的头上
在太平洋上
连太阳都在领着海浪高呼口号
“美帝国主义滚出西太平洋！”

瞄准大坏狼

遍地英雄下夕烟[①]

（1966年4月）

荒山秃岭栽果树
乱石滩上建良田
一阵阵夯声迎风起
一条条水渠绕山间
祖国到处有大寨
看，歌声起处——
遍地英雄下夕烟

与北海有约

① 敢峰在1966年4月间，曾带领北京景山学校大学班的学生在河北省遵化县大寨公社劳动过，在这段时间，他曾写了一批歌颂劳动的诗。

$1+1=2$

$1+1>2$

$1+1=3$

六 黎明前后之留痕

咏　菊

（1946年秋）

小园寂寞月为邻，剩此西风劫后身；
傲骨由来归造化，深秋独作十分春。

路[①]

（1947年2月）

路，
披着一身烂叶，
在原野上乱窜。
河流要拦住他的去路，
却被桥一把抱住了腰。
……

① 《路》，是敢峰上大学时一篇当堂语文试卷，把作文随意写成了诗。不只没有受到毕奂午老师的批评，反而得到了鼓励。后来这首诗发表在解放前的武汉日报上。收录入诗集时，敢峰只记得开头一节。虽然是残诗，也是一个纪念。

城　市[1]

(1947 年夏)

每个人都编织着一面网，
像蜘蛛一样站在网中央。
许多网聚集在一起，
这就是城市。
……

无　题[2]

(1947 年夏)

我不愿吻着阳光，饮着露水，
这些都仿佛是些欺骗的生活方式。
我将在一天暴风雨来临的黄昏里，
抱落日离去。

人们常沉湎于梦里的慰藉，
一切都希冀镶上一层金边。
我愿抱着波浪去漂海，
对这里的一切我已感到厌倦。

---

① 《城市》也是一首残诗（原诗曾载解放前的武汉日报），收入诗集以做纪念。

② 此诗原刊登在华中大学的壁报上，后被记者抄录，曾发表在解放前的武汉时报副刊上。

赠李树则[①]

（1949 年）

雁书昨夜渡河汾，烟树茫茫不见君；
满眼落花风更雨，七分春色减三分。

古风残句

（1948 年）

仰削青天落芙蓉，
一曲万山皆飞起。

词残句

（1949 年）

斩长鲸此去天涯，
懒把桑麻细话。

---

① 李树则是敢峰在华中大学的同窗好友。1980 年 3 月，敢峰把此诗书写成条幅寄赠李树则时，改变成：“雁书何日渡河汾，烟树茫茫不见君；昨夜庭前风更雨，七分春色减三分。”

瀑 布[1]

（1949 年 3 月）

像千万匹战马，
奔向崭新的明天。
你巨人的影子，
立马在这惊险的峭岩上，
挥动着手，
把抚育你长大的
青郁的山撕成两片，
只知道，
用力气喂养着大地，
用毁灭喂养你自己。

你从没有绝望，
当你走到无路时，
你会把自己铺成一条路，
从峭岩的边缘奔落下来，
再从万丈深涧里，
骄傲地，
挺起你倔强的身影，
飞奔而去……

---

① 此诗发表在 1949 年 3 月初《大刚报》的“大江诗叶”第 11 期。敢峰只记得头两句，舒风在写《人比山高——敢峰的理念和人生》时，与李树则取得了联系，李树则在长江日报社地下室封尘多年的旧报纸堆中终于找了出来。

一串“糖葫芦”

七

早年的叙事长诗

在华中大学（左上）
在中宣部（右上）
在文革中（下）

长江怒涛

（作于20世纪50年代）

第一章　穷人的泪和恨

一

绿树环抱的李家庄，
是鄂西群山中许多村庄中的一个，
村东枕着碧玉山葱绿的臂膀，
溪水潺潺从它的脚下流过。

三娃的家住在村东山坡上，
破草房檐，像散披的乱发一样，
门窗终日睁着干涸的眼睛，
半夜的山风把房顶吹得呼呼乱响。

无论刮风下雨，
天未亮三娃的爹就摸着起床。
三娃在后面跟着，帮父亲抬着水车，
嗖嗖的冷风吹透了孩子的胸膛。

田里长出了绿油油的稻秧，
云雀一遍又一遍把歌唱，
走在路上，小溪也发出朗朗的笑声，
眼看今年的丰收啊，
还清了债，把家里也变个样。

谁说没有人比毒蛇的心还狠，
恶霸地主何成看见这绿油油的稻秧，
早已盘算在心。
五个指头，一把算盘，
没有一穗一粒能逃出他家的粮仓。

二

三娃和小梅一住村东，一住村西，
一道弯曲的小溪把他们隔离，
夜晚他们常来小溪边倾诉心里的话，
溪水轻轻的流着，
月亮也悄悄躲进云里。

三娃说着给何成家放牛挨不尽的鞭子，
小梅诉说何成怎样夺去他家最后几亩地，
狠毒的将田里的祖坟刨了。
小梅一边说着一边用手擦去眼角的泪花，
三娃一只手抚摸着她的辫子，
一只手紧紧的把拳头握起。

听不见溪水在碎石上流，
光听见小梅的散发吹拂在三娃耳边。
三娃把小梅的手握得更紧，
两个人半天没有说话，
痴痴看着柳条在水里捞着星星。

三娃爱小梅，小梅也不愿离开三娃，
奴隶的锁枷把他们的命运连得更紧。
十四、十五岁的小伢，

不懂得爱情，不懂得阶级，
但知道谁也不愿离开谁，
但懂得长大了要扼断恶霸地主的脖子。

千言万语，在一起总觉得有说不完的话，
猫头鹰凄厉的尖叫着，时分已到夜半。
溪水在碎石上流得更响了，
月亮从云里探出头，
大地照得更亮了。

三娃紧紧拉着小梅的手，
汪汪的眼睛紧盯着小梅。
小梅揉着衣角，
低头望着闪烁银光的溪水。

终于分别了，离开了，
连他们自己也不知是怎样分开的。

三

这一天傍晚，他们约定相会的时间到了，
小梅性急的来到溪边把三娃寻找。
溪水照常潺潺的流着，
树林照常喧哗着，
月亮照常从山边升起，
但是却没有看见三娃，
过去总是三娃比小梅先到这里。

一定是在树林里躲起来了，
小梅想着，装出漫不经心的样子。
月亮已经升上高高的天空了，

还没有看见三娃的影子。

小梅急起来了，尖起嗓子喊叫。
声音飞进树林，震落了枯叶，
声音飞过河岸，隔岸归宿的鸟儿惊醒了，
声音飞到远方，山中的闲云探出了头，
声音飞进山谷，四周的山谷发出了回声。

小梅焦急的跺着脚，
朝着河的对岸走去。
是病倒在床上？
是在山野里被狼叼走？
是被恶霸的鞭子打伤了，关进了私牢？

路在灌木林里弯曲的蜿蜒着，
小梅踩着枝桠，惊走了飞鸟，
不一会就过了小桥，
离何成家越来越近了。

小梅来到何成家的院墙，
门房的窗户里还漏出一丝灯光。
周围的一切都陷入可怕的沉寂里，
小梅的脚步越放慢，心里越惊慌。

院子里有人走了出来，
小梅急忙向旁边退让。
忽地从那人背后跳出一只狗，
直扑向小梅的胸膛。
“咬！咬！”何成的儿子何小狗挥手直嚷。

小梅的手臂上滴着鲜血，
染红了洁白色的衣裳，
身子像从山崖掉下深谷，
在一片迷蒙蒙的云里飘落。

小梅越往后退，狗越往前追咬，
何小狗跳着脚拍手大笑。
小梅身上的衣服被撕开了一个大口子，
耳边的几撮头发也被狗牙扯掉。

小梅尖声哭喊着，
风着急的传送着小梅的呼救声。
去找舅舅，
去找卧病在床的父亲，
去找隔壁的堂兄弟，
去找村里的穷苦人。
但是，这时正是夜里，
舅舅、父亲、堂兄弟、穷苦的人，
家家门关得正紧。

风焦急的在地上打圈，
树枝摇摆着，面面相觑。
正在这紧急的时刻，
路的那边，赶着牛群，走来了三娃。

三娃猛地看见这般情景，
急得双眼冒出火星。
全身力气都集中在高举的鞭子上，
像暴雨一般，直打在狗的脑门。

那狗还想转身扑向三娃，
无情的鞭子已经注定了它死亡的命运。
它回头向何小狗绝望的哀叫了两声，
何小狗吓得跑回了自家院门。

三娃把鞭子丢下，
问小梅哪里被咬坏，
小梅一把抓住了三娃，
催三娃赶紧离开：
“大祸就要从天降下，
若被何成抓住，
不被鞭子打死，也要被活埋。”

三娃拉着小梅回头就跑，
穿过了树林又跑过了小桥，
跑过了他们约会的小溪，
又越过了到鲁镇的汽车道。
落叶被风卷着在身后追赶，
他们两腿生风转眼来到邱家坳。

四

两人喘了口气，定了定神，
远远听去不知是风声还是人的追喊声。
邱家坳是三娃的舅舅家，
三娃抹去额上的汗珠，前去敲门。

三娃的舅舅是户贫苦人家，
种一亩稻子半亩芝麻，
人是个身强力壮的忠实庄稼汉，
就是说起话来有点结巴。

三娃将事情原由一一向舅舅说清，
邱永海听了，脑袋里直冒火星。
“孩子，你不要害怕，
先躲躲风头住在我家。
我把小梅先送回去，
再把这事告诉你爸爸。”

三娃呆呆的看着舅舅和小梅走出门去，
半天没说一句话，
屁股像坐在针毡上，
不放心小梅回去，又惦记着爸爸。

舅舅回来已经很晚，
脱衣睡下，闷闷不发一言，
未等金鸡唱完五更，就披衣出去，
推开门，星斗满天。

等到太阳爬上东山，
舅舅气急败坏的跑回来，满头大汗：
“外甥啊，情况不好，
你爸爸早晨被何成抓去了。
何成追问你躲在哪里，
扬言谁打死了他的狗就得用谁的命来抵。”

等到日正中午，
舅舅跑回来，满脸汗珠：
“外甥啊，情况越来越糟，
你爸爸在何成院子里的梁上，双手被反吊，
皮鞭子打得你爸爸死去活来，

还说要挨户搜查，把你寻找。”

等到太阳西斜，
舅舅跑回来急得说不出话：
“外甥啊外甥，那些狗男女哪里还有一点人性，
连你家里仅剩的破棉被也搜刮去了，
螺丝崖顶上你爷爷开出来的荒地，
抵狗的埋葬费，归了何成”。

等到星斗满天，
这次舅舅还没有回来把话传。
三娃心里急得如同火燎，
满肚怒火再也按不住了。
三娃迈开腿，向家飞跑，
穿过了灌木林，跨过了小桥，
风在耳边呼呼响，
不一刻李家庄就来到。

五

这时村子里一切都陷入恐怖和沉静，
看不见灯光，也听不见一点动静，
远处何成庄院狰狞的阴影在蹲着，
村前的池塘睁大着痛苦和倔强的眼睛。

三娃沿着墙角，悄悄来到了家，
一眼看见了爸爸。
爸爸正呻吟着躺在一堆稻草上，
三娃顿时心如刀割，思乱如麻。
“爸爸！爸爸！”三娃想说话，喉咙像被堵住，
他的头埋在父亲怀里再也抬不起来。

爸爸紧抱着三娃的头，用受伤的手抚摸着，
两行热泪止不住潸潸落下。

“孩子啊，穷人的命苦，说来话长，
像河里的水永也流不完。
何成院前一块好田，
原是你曾祖父的遗产，
后来被何成的父亲霸去，
将你爷爷赶上荒山。
你爷爷就在那螺丝崖边羊也上不去的石山上，
撒一把土，种下一棵玉米，
在崖顶一手攀着悬崖上的松枝，
一手用锄头开着荒地。

“深夜踏着露水回家，
五更的星斗又照着你爷爷去到地里。
刺骨的冷风吹透了脊梁，
胸前的汗珠却像石壁上的泉水哗哗在滴。
年年雁群从南方飞回北方，
穷人悲惨的命运却像悬崖深不见底。

“就在树叶都已凋落的秋天，
连鸟儿都叼着枯枝吱吱喳喳飞还，
江里千百只帆船也拉纤西上，
你爷爷还在山上用锄头开地。

“眼看一片狰狞的石山慢慢长起了庄稼，
何成又派人逼债来家。
你爷爷一时还不起债，
便饿着肚子，将刚收的二斗玉米还他。

罪该万死的何成嫌二斗玉米少，
凶狠的把你爷爷一顿毒打。

“你爷爷气得晚上觉也不睡，
半夜就往崖上田里爬，
刚爬到崖顶一阵头昏眼花，
还没来得及喊一声就从螺丝崖上摔下……”

这一夜啊，闪电撕裂着天空，
巨雷愤怒的震撼着大地，
几人围抱的松树被巨风拔起掷到崖下，
四周的山岭都静静悲愤的低下了头。

“孩子啊，后来我把你爷爷的尸体，
埋葬在这螺丝崖的田里。
我又重新拿起你爷爷的锄头，
踩着你爷爷的足迹，
从早到晚在这块田上耕种，
累了在田塍上歇息。
到现在十一年了，不分风雪，不分晴雨，
慢慢将这块沙土丘变成了熟地。
眼看再过几年就能慢慢余些粮食，
再给你娶房媳妇，
就全家搬到这里来过日子，
想不再受这些狗恶霸的气。

“孩子啊，过去这些想法真是做梦，
要毒蛇不咬人，除非把毒蛇打死。
你才三岁时，那时你人小还不记事，
何成的大儿子癞皮狗把我家的鸡抢去。

你母亲背后骂了一句，
被他们打得死去活来，
几个月后就吐血而死。
昨天你打死了他们的狗，
他们把我抓去吊打了一顿，
还要把螺丝崖的地抵作狗的埋葬费，
到田里把你爷爷和母亲的坟全部刨去。
孩子啊，这样的日子
只要还有一点血性的人，
谁也忍不下去，
只要我能咬一口狗恶霸何成，
就是死在刀山上也愿意。”

爸爸话未说完就口吐鲜血，
三娃赶快把爸爸扶起，
爸爸接着又是一阵剧烈的咳嗽，
脸色苍白无比。

“孩子啊，要记住世世代代的深仇，
你爷爷是被他们逼到螺丝崖上摔死的，
你妈妈是因为说何成家偷了鸡，
被打得吐血死的。”
爸爸用长满老茧的手抚摸着三娃的头，
双眼深情的盯着三娃吃力的说：
“你爸爸看样子也不行了，
报这血海深仇只有指望你。
我后悔为什么不趁我有力气的时候，
把这些狗东西杀掉，
却终年在田里给人家作牛马。

“可怜的孩子啊，
因为你小，过去这些事都没告诉你。
那门上挂的是你爷爷的一块骨头，
那窗户上放着你妈妈的一绺头发。
把这些藏在身边，把仇恨埋在心里，
长大了不要忘记给爷爷、妈妈和穷人报仇。”

“爸爸！爸爸！”三娃跪在父亲身边哭着推着，
但是爸爸再也不能说话。
一盏摇晃的半明的油灯，暗了下来，
门外的寒风一阵比一阵更紧的在刮。

站起来，拭干仇恨的眼泪，
咬紧牙关，握紧拳头，望着窗外漆黑的天空。
父亲过去月下讲的清风崖起义的事迹，
老红军路过张铁岭的故事，
一幕幕又展现在眼前。
他面前呈现出另一个崭新的世界，
他要走爷爷、父亲所不曾走过的另一条道路。

第二章　参加解放军

一

赤炼山四周是纵横起伏的群山，
山的背后驻扎着解放军某部第三连。
每个树林里都活跃着解放军的英雄，
村落里每一个穷人都是他们熟悉的朋友。
山泉从悬崖上倾泄着战斗的高歌，
战士们的革命意志像江水奔流永不回头。

每天都有贫苦农民偷过封锁线来到这里，
揩掉眼泪，拿起武器，
像涓涓的溪水汇合成雄壮的河流，
像群峰紧拉着手在暴风雨中屹立。

多少代受压迫的庄稼汉，
参加了革命才见青天，
过去当奴隶，被踩在地主脚下，
今天扬眉吐气持枪站在赤炼山上，
披着晨风，注视着四周的村庄和田园。

漫山的映山红为战士而开，
石上流过的泉水映照着战士们的风采。
夜晚英雄们的影子和火把沐浴在清泉里，
守望着第二天的黎明在赤炼山怀抱里醒来。

二

三娃来到三连已经四十天，
每天的生活都给他以锻炼。
天天送信在赤炼山的群山峻岭中，
披着阳光，摸着星夜，做了连队的通讯员。

在三连，三娃什么事都是拼命的干，
不知道什么叫累，什么叫困难，
在几百里险峻的群山中，
送信跑路比狐狸还快，比鹰还勇敢。

送信他从来不怕路远时间短，
也不怕刮风下雨天，
每一个山头，每一株小草都熟悉他的名字，

每一条溪流都映照过他那矫健的身板。

从来没有因送信有困难而苦恼，
他心里就有一件事睡不着觉：
身上没有枪，
担心碰到敌人让他们白白跑掉。

三娃鼓起勇气将心事告诉了指导员，
指导员和蔼地笑着说：
“你年纪还小，先把通讯工作做好，
将来发给你一支驳壳枪。”
指导员说着和三娃一起走出了连部，
三娃失望的眼睛呆呆盯着深深的峡谷。
这时满天彩色的云霞正落在河上，
远处矫健的山鹰正在峰顶翱翔。

三

一天黄昏，三娃趁别人都不在屋里，
偷偷把墙上挂的枪取下来玩弄。
他贪婪地抚摸着，舍不得将枪挂在墙上，
不小心触动了扳机，“叭”的一声子弹飞出枪膛。

听到枪声，战士汪小春第一个跑进来，
他夺过枪把三娃推倒在床上。
大家都用责备的眼睛盯着三娃，
指导员把三娃喊进了自己的住房。

一间小小的土房，窗上糊着一层白纸，
窗外天井上斜挂着一张蜘蛛网。
指导员靠着破桌边坐了下来，

叫三娃坐在对面的床上。

三娃低着头，不敢直视指导员的眼睛，
平时泉水样灵活的眼睛呆呆的像不会转动。
指导员望着三娃好半天才开口：
“三娃，想想你的错误，自己说吧。”
三娃的心卜通卜通跳得很厉害，
咬紧牙关半天才说出一句话：
“我犯了错，请按军纪处理，
就是枪毙我，也别赶我离开。”

他说着话眼里不由得流出了泪水，
从床上霍地站起来说：
“我的爷爷、爸爸和妈妈都死在恶霸地主手里，
我不能离开队伍，枪毙我也不能离开。”

四

杨树春原是京汉铁路工人，
京汉线沦于日寇后被党派来农村。
由班长、排长到指导员。
抗日战争胜利后才调到三连。

杨指导员虽然是工人出身，
但他最懂得贫苦农民的心。
像穷人家门前长年流过的溪水，
穷人世世代代的痛苦照得比镜子还清。
他能用最简单的言语，
说出贫苦农民心中一言难尽的话。
他明亮的眼睛，
能看透每个农民的心。

他和这些武装起来的农民
一道进行英勇的斗争，
他能清楚地看准斗争的方向，
像勇敢的鹰一样，比一般战士更沉着，更坚定。
他时刻牢记党的指示，
要把千百个诚实、勤劳和受压迫的农民，
耐心培育成自觉、坚定、成熟的战士。

第三章　出击

一

这是一个宁静的夜晚，天空飞腾着白云，
赤炼山像一个巨人，头上顶着许多星星。
四周村庄里的敌人都沉入了梦乡，
三连奉命袭击盘据在刘家湾的敌军。

路边溪水在静悄悄的流，
月亮透过疏林，给战士们照路。
赤炼山从云海里探出了头，
目送着部队前进。
三娃这次也背着枪，
精神抖擞的跟在后头。

来到刘家湾已是深夜，
村子里到处是断墙残壁。
透过树林看不见一线灯光，
死寂得没有一点儿声息。

连长传令部队停止前进，
埋伏在村子两旁听候命令。
同时命令汪小春潜进村子侦察，

两朵小花

两个尾巴

探听敌人虚实，赶紧回话。
三娃请求跟小春一起进村执行任务，
连长赶忙摆手制止：
“你年纪小没有经验，
跟去侦察，会误大事。”

三娃听了不再说二话，
扭转头咬紧嘴唇，抱着枪在路旁蹲下。
一边叨唠着年纪小真倒霉，
骂自己为什么不赶快长大。

天旱盼望早下雨，
受压迫的人恨不得赶快把仇报。
愤怒的子弹早已推上枪膛，
只等着那闪电的信号。

二

村子里黑黝黝像一座坟墓，
战士们仿佛看见许多被害死的冤魂，
他们从地下爬出来，捡起石头，拿着扁担，
尖声叫着向恶霸地主的房子冲击。
他们仿佛看见在这行列中，
有自己的父亲、兄弟和披着散发的妻子。

战士们按不下心中熊熊燃烧的烈火，
连长却像铁铸的英雄在树边蹲着。
汪小春还没有回来，是不是出了什么岔子？
大家纷纷要求连长向村里的敌军开火。

“同志们，要冷静，

铁的纪律是我们部队的生命。
我们要花最小的代价去消灭最多的敌人，
鲁莽急躁，不能使我们得胜。”

三

从村子里沿墙走出来一个黑影，
是汪小春侦察回营：
“报告连长，敌人一个排驻扎在村子东边，
情况和白天没有变化，村里毫无动静。”
战士们一个个磨拳擦掌，
决心消灭敌人，一定要打赢。

“一排主攻村东，
二排从村西侧翼进攻，
三排把住村子前后的小路，
把全部敌人粉碎在我们的铁掌之中。”
连长发布了出击命令，
部队勇敢分头行动。
三娃冲在一排的最前面，
人小胆大，机智而英勇。

四

部队靠墙蹑足前进，
王小春同另一战士先摸到祠堂前。
两个敌军哨岗，一个正抱着枪打盹，
一个来回踱着，不住的打着哈欠。

趁敌人往回踱的时候，
小春悄悄跟上一把扼住敌军的咽喉，
另一个战士用刺刀对准那打盹的敌军的胸口，

梦中惊醒的敌人，抖瑟的举起了双手。

接着大队蹑足冲进祠堂，
战士们把好了每间屋的门口，
小春冲进屋去，高喊："缴枪不杀！"
三娃也随后冲进屋里。

他用枪刺对准一个敌军的脊背，
没料到敌军排长突然扼住小春的两臂。
其余的敌人抓住枪纷纷的向门外冲去，
枪声杀声响彻天际。
子弹打得屋顶的瓦片纷纷落地，
枪声中听见连长喊："敌人不缴枪就彻底消灭他！"
三娃使尽全力一枪刺进那麻脸敌军的后背，
他又在倒下的敌人身上乱戳几下才觉得出气。

小春倒在地上和两个敌人搏斗，
另一个敌人从侧面向三娃冲来。
三娃不顾自己，丢开枪一把抱住敌人的大腿，
猛地里把他从小春身上掀开。

三娃感到被一只手扼住咽喉，
立即上气不接下气。
他死命抱住那个敌人的大腿不放，
小春抽出手，握住刺刀刺进敌人的胸膛。

战士们英勇与敌人搏斗，
敌军纷纷举起了双手。
三娃从昏迷中霍地跳了起来，
这时只听见远处传来几声稀疏的枪声。

第四章　突围

一

敌人派了两个团把赤炼山紧紧封锁，
在村边和每条大路上，
都布满了地雷和铁丝网，
周围的村子里，到处一片瓦砾。

不许小溪从封锁圈中流出，
不许飞鸟从封锁线上飞过，
路上长满了齐腰的野草，
偶尔只见老鹰在天空盘旋着。

敌人的长官们疯狂的抢着酒瓶，
士兵们在门口醉眼朦胧中赌博。
村子里没有跑掉的年轻女人被糟踏后惨杀，
这一群魔鬼无恶不作！

二

必须打破敌人的封锁，
必须让赤炼山和四周村庄紧密联系，
必须冲出一条通向群众海洋的道路，
革命的巨舰只有在群众的大海里才能驶向胜利。

三连接受了突破封锁线的任务，
战士们都磨拳擦掌欢欣鼓舞。
队伍离开赤炼山勇猛前进，
黎明前来到封锁线的山边埋伏。

要突破封锁线最好是里外夹击，
需派人到石花湖与兄弟部队联络。
谁能冲出封锁线去完成这项任务？
三娃抢着要求："连长，一定派我去！"

连长对三娃上下细细打量，
心想这次任务不比寻常。
在赤炼山能像旋风一样飞快完成任务，
但穿过封锁线却需要十倍的机智、细心和勇敢。

小春从队伍中站出来，把三娃推到一边：
"担负这重大任务可非同一般，
三娃你还是一个毛头小孩儿，
白白丢了性命太不合算！"
"小春，你怎能这样小看我，
刘家湾战役我是多么勇敢！
不要看我年纪小，
通讯联络我三娃比你能干！"

连长望着三娃点头微笑：
"三娃，这次重大任务就交给你去办，
万一落在敌人手里，
军事机密不能泄漏一丁点儿！"

"连长，请你放心，
这个任务我一定圆满完成。
万一被敌人抓获，
就是把我活活宰割也决不吭一声。"
英雄的斗志与云端的雄鹰并飞，

壮士的决心与崖顶的瀑布争鸣。

三

等到夜间周围一片沉静，
月亮挂在天空发出寒光。
三娃背枪骑马静悄悄的绕过山冈，
趁敌人不备，穿越封锁线向东猛进。

周围的山冈和三连的战士都为三娃捏着一把汗，
月亮紧张得把脸藏进云端里。
等到敌人发现有人越过封锁线，
三娃骑马像箭直向东方的森林里射去。
碉堡群里的敌人乱作一团，
机枪喷发着子弹向四野疯狂扫射。
六零炮盲目咆哮，
敌人的骑兵队也到处搜索。

荒野和丛林深处火把通红，
敌人在丛林里一直搜索到天明。
连长和战士们这才放了心：
“三娃此去，任务一定能胜利完成！”

四

三娃越过敌人的封锁，穿过丛林，
路边溪水发出悦耳的笑声。
树上的鸟惊醒了拍翅向远方飞去，
他走近湖沼地带已是黄昏时分。

透过树梢，缭绕着几缕淡蓝色的炊烟，
三娃途中第一次看见简陋的小店。

八十年代在卢沟桥

肚子整整饿了一天，
他跳下战马走了进去。

小店里只有一个老婆婆和一个老头，
桌子凳子显得十分破旧。
锅盖上积了一层污垢，
通红的夕阳照射着房前屋后。

三娃边吃干粮边打探这一带的消息
老头儿开始吞吞吐吐，欲说又停。
三娃问起为什么没见老人的儿子？
两个伤心的老人立即眼泪纵横。

“在一个月黑风高的夜里，
老汉适逢六十岁寿辰。
全家在油灯下欢欢喜喜地吃着饭，
忽然匪军闯进了门。

“儿子不愿被匪军拉去当兵，
急急忙忙溜出了后门。
眼看要翻过屋后的院墙，
被匪军逮住，五花大绑捆了起来。
我儿子不愿意当匪军便破口大骂，
我老伴也哭喊着追了上去。
她被匪军打得遍体鳞伤，
儿子也被他们活活掳走。

“这些没人性的野兽，
抓不到壮丁要把我儿子拉去枪毙。
村里的人都被赶到墟上，

小小的山坡上，儿子不屈的站在那里。
儿子昂着头向人群中张望，
在人丛中一眼看见了我们，
但他没有淌一滴眼泪。
老婆子腿跛着，哭得像一个泪人。”

三娃边安慰着老头老婆边想起了自己，
两岸对峙着势不两立的阶级。
“共产党、解放军是咱们的带路人，
干革命，闹翻身，要靠我们自己。”

“同志啊，前去路途上要小心，
向左去是梅花村，村里驻有反动派的兵；
向右去有一条羊肠小路，
只是在夜里崎岖难行。”

三娃跨上马匆匆向东奔去，
回头看见茅屋下老头老婆仍痴痴伫立。
于是挥手喊道：“老爹爹，请进屋去！”
他快马加鞭隐入日暮滚滚的烟尘里。

五

烟尘里看不见三娃一丝影了，
老两口儿才走回小店。
老头儿叹着气正向灶膛里添柴火，
一队国民党匪军像旋风一样追到门前。
两个匪军到房里到处翻找，
一个匪军用刺刀对着老头儿威吓说：
“快讲，共军跑到哪儿去了？
不说实话你的狗命难保！”

老头儿嘴里“不”字还没有说出来，
便被匪军头头凶狠的一脚踢倒：
“他妈的，这周围的村子没有一个好人，
土匪窝子非得连根刨掉！”

说罢便用枪狠狠指着老婆子骂：
“看你这刁滑的老头说还是不说，
打死了老婆子你不要后悔，
死活两条路由你自己选择。”

老头儿低着头咬紧牙没有做声，
匪兵头头装出狼样的慈悲说：
“说出共匪在哪儿才是好国民。”
炉边老婆子突然大喊：“决不能说，决不能说！”

“你们这些该死的强盗啊，
在对面山坡上枪毙了我的儿子，
用枪柄把我打得半死。
我们穷人是永远杀不尽的，
终有一天要收拾你们这帮万恶的东西！”

老两口子壮烈的牺牲了，
匪兵临走用火点着了房上的茅草。
夜风的怒吼把火星卷上天空，
就在这时，三娃正纵马走进石花湖的怀抱。

六

“同志们！冲啊，冲啊！”
赤炼山突围的战斗打响了。

像江河的洪水从天上倾泄下来，
要把万恶的匪军淹没掉。

三连连长冲上最前面的山头，
这是离封锁线最近的一个高地。
敌人的地堡像毒蛇一样吐着火焰，
集中了火力向这里疯狂射击。

连长命令战士们炸掉地堡，
爆破手抱着炸药包冲上去了。
不幸冲到半路就中弹牺牲，
汪小春没吭声抱起炸药包接着往前冲去。

三连集中火力向地堡猛射，
掩护着爆破英雄匍匐前进。
汪小春身上多处挂了彩，
忍着疼痛艰难地向地堡靠近。

在一声轰动天地的火光里，
敌人的地堡分崩离析。
突围的队伍像汹涌的江流，
向敌人溃决的堤口涌去。

山上的冲锋号响了，
一支骑兵像瀑布从悬崖上倾泻下来。
敌人的阵地顿时大乱，
在解放军夹击下，纷纷溃败。

石花湖的部队冲过麻布山，
与三连的部队会合了。

战士们举枪欢呼胜利，如雷声震动山谷，
初升的太阳和苍翠的山峦也紧紧拥抱。

战斗结束后，连长、指导员来向烈士致敬，
在旭日的光辉里战友们将烈士的遗体埋葬。
“安息吧，我们将永远踏着你们的足迹前进！”
战士们肃穆地朝空中打了几发排枪。

第五章　追歼敌人

一

解放军摧毁了敌人的封锁线，
解放了一个村庄又一个村庄，
跨过了一条溪流又一条溪流，
翻过了一个山岗又一个山岗。

部队每到一个村庄，
男女老少提着茶壶饭篮等在路旁。
他们拉着战士嘘寒问暖，
把煮熟的鸡蛋塞到战士的手上。

部队每到一个村庄，
都有群众含泪诉说往日的悲伤。
儿子被拉去当兵不知死活，
媳妇不愿被匪兵污辱投了长江。
老百姓的被褥粮食被抢尽，
耕牛被牵走。
年迈的老人行动不便被活活打死，
仅有的茅草屋被敌人一把火烧光。

部队每到一个村庄，
年青的庄稼汉都要求参加解放军。
他们要解放全中国，
为所有的受苦人民报仇雪恨。

部队走过一座座坟墓密集的山岭，
山丛中萤火飘忽荆棘纵横。
那年为了掩护红军转移，
在这里许多同志献出了宝贵的生命。

部队经过田畔清水池塘，
池塘里密密的长满了荒草。
清风吹拂着野草，也吹醒了老红军的记忆，
当年许多贫苦农民在这里被还乡团杀掉。

白云从山头升起，
虫声在田野争鸣。
披着薄纱的月亮在云海里沐浴，
我们英勇的部队风餐露宿星夜兼程。

二

山上的泉水哗哗流着，
太阳挂在东方的天空发出耀眼的光芒。
三娃的心在紧张而兴奋的跳动，
一天比一天接近了家乡——李家庄。

故乡土地的浓香，
像春风一样扑鼻。
家门前溪水的潺潺声，

遥远的向三娃和战士们传递着各种信息。

密林里成群的鸟叽叽喳喳叫着，
是从村后树林里飞来迎接的么？
村里现在的情形怎么样，
穷苦人都暗地组织起来了么？

何成和国民党军队勾结在一起，
用惨刑、机枪在杀害村里的百姓么？
匪军想逃跑，一把火把后村烧了，
年轻的媳妇抱着孩子在路旁被刺刀挑了吗？

部队快些走啊，快些走啊！
三娃仿佛看见家门前河里的水在流
小梅正焦急的等在门口。
仿佛小梅的家也成了一片瓦砾，
恍惚中，又四处寻不着小梅的影子了，
剧烈的心跳仿佛突然停止。
三娃飞快的脚步一下子变得千斤重，
必须让思绪平静下来，赶快追上部队啊。

三

连长派三娃到李家庄去侦察，
他腰里别着短枪飞跑去了。
身后扬起一阵尘土，
黄昏时他和太阳一道翻过了山腰。
穿过了溪流，跨过了小桥，
走到村后，月亮已经升上树梢。
过去家住的房子早已倒塌，
一片瓦砾里长满了荒草。

侧身向外望去，
小梅家的屋顶还隐在远远的树梢里。
在乌云的遮盖下，
一缕炊烟轻轻升起。

三娃悄悄摸到小梅家门口，
月光透射在院门里头。
院内静悄悄无有声息，
夜风中树枝的摇晃声听得清清楚楚。

三娃正想跨进门去，远远听见脚步声，
赶紧闪在一堵断墙的背后。
月亮却故意从云里探出了头，
把眼前的场地照得明晃晃的。

两条长辫子，提着一桶水，那是谁?
脚步非常轻，脸不时朝两边张望着。
慢慢的离门口越来越近了，
哎呀！那是小梅一个人夜里跑出来打水。
“小梅，你怎么一个人在外边走，
这么明亮的月夜，不怕坏人看见?”
小梅像受惊似的一把抓住了三娃，
嘴唇颤动着，半响没有说话。

是在梦里么，明明这是在家门口，
月亮照在地上，周围一切都真真切切。
“小梅，别呆了，赶快进去吧，
我还有紧要事情对你说。”

"家里还有谁，
怎么村里一个匪军都不见啦?"
"说来话长，我们还是找个地方说吧，
你先等等，我告诉一下妈妈。"

小梅一溜烟跑回家，
三娃在门口等着她。
树影急得在地上乱划拉，
不一会，小梅出来啦。

她两只眼睛闪着喜悦的光："三娃，轻轻跟我来吧，
穿过树林，
咱到前面山上再把话拉。"

四

小梅双手分开树枝往前走，
三娃一步紧一步跟在后头。
小梅的辫子偶尔轻轻碰着树枝，
月光摇晃着从浓密的枝叶中倾泻下来。

穿过了灌木林跨过了小河，
来到村前的山岗上。
群山在烟雾里沉睡，
朦胧的月光笼罩着周围的村庄。

在山顶松树下的一块大石上，
三娃挨着小梅身边坐下来。
泉水抿嘴笑着，追逐着向山下奔去。
小梅开口问三娃："这一向你怎么样?"

“说来一言难尽，
我现在有紧急的任务在身。
先告诉我村里匪军的情况，
为什么没见他们有一丝动静。”

“昨天他们在村里抢修碉堡，
四个连的兵力驻守在这几个山腰。
今天早上星星还没落尽，
突然都静悄悄的撤退了。

“昨天拉的隔壁二叔的丁，
临走也没来得及要。
半夜到黄庄抢的猪，
炖在锅里还没来得及吃就逃跑了。”

三娃性急的突然站起来，
差一点把小梅的肩膀捏得痛叫起来。
“你知道他们朝哪个方向逃跑的？
就是插上翅膀也不能让他们跑掉。”

小梅答不上三娃的问话，
心中也跟三娃一样焦急。
后悔匪军逃跑时，
为什么胆小的躲在屋里。

“小梅，你赶快去龙虎村的路上，
向我们部队报告匪军逃走时的情形。
我要到前面村里去侦察，
必须把这群匪军的去向弄清。”

小梅望着三娃，满心踌躇，
明亮的眼睛透出哀求的神情：
“三娃，还是你赶回部队报信，
这侦察任务交给我去完成。”

“听我的话赶快去吧，
小梅妹妹，
告诉连长，我不把敌情打听清楚，
誓不返回。”

三娃把小梅的手狠狠捏了一把，
然后放开手向山下飞跑而去。
溪水喧哗的流着，
月亮发出银光抚摸着小梅的肩膀。

五

月亮透过云影在所有的道路上都撒下了迷茫的光，
每条道路前面都有树有山。
每个村庄都有敌人蹂躏的足迹，
夜色茫茫，敌人逃往哪个方向？

共产党，解放军，每件事离不开老百姓，
好三娃，把这一条牢牢记在心。
翻过一个山头，树林里透出一线光亮，
他轻步走近这户老百姓家敲门。

房里只剩下一个六十多岁的老头儿，
头发苍白，面容消瘦。
炉子里的火快要熄灭，
墙壁上的一盏油灯，微光如豆。

老头儿双眼凝视着炉里的火，
像在焦苦的等待着什么。
火发出熄灭前的劈拍响声，
老头儿不时在艰难的咳嗽着。

三娃跨进了门，喊声："老伯，
天这么晚了，为什么还不睡觉?"
老人家看了三娃一眼，
让他坐在床边，慢慢谈起来：

"大儿子被抓去当兵，
前几年半路逃回，被枪毙了。
二儿子被抓去修公路，
去年大雪天，路旁冻死了。

"还有我那第三个小儿子，
家里安不住身要去投奔解放军。
我怕他年纪轻，劝他在家忍些时，
谁知今天一早就被国民党抓去运粮草。"

三娃正向老头儿打听匪军逃走的消息，
老头的三儿子洪发回来了。
他肩上扛着一支冲锋枪，
后面跟着一群庄稼汉。

老头一把拉住洪发的手，
忍不住盈盈热泪往外流：
"孩子，可真把你盼回来了，
怎么还有一群老乡跟在后头?"

三娃朝着进来的人群细细打量，
一个个都是庄稼汉模样。
有的腰里别着两颗手榴弹，
有的背上斜挎着一枝冲锋枪。
后面还跟着几个穿军装的人，
把几口箱子扛在肩上。

木子河流到东岗共有九个湾，
要弄清原委请听洪发慢慢把话讲：
“匪军把我们拉去抬子弹，
还有数不尽的皮箱和银钱，
我和洪成抬着师长的姨太太在后边走，
匪兵拖着枪紧紧跟在我们身旁边。

“匪军逃走时溃不成军，
队伍变成了野狼群。
有的脚一拐一拐拖在后边走，
有的狠命用抢柄赶我们。

“前面的道路长又长，
翻过了牛山又要上东岗，
东岗山，高万丈，
路左靠峭壁，路右临长江。

“东岗山，九个湾，
两湾之间喊话听得见，
走要走半天，
匪军尽丧胆，追兵在后边。

"东岗山，第一湾，
潺潺泉水流山间。
两边山岩如壁立，
不到中午太阳看不见。

"东岗山，第二湾，
步步石级如登天，
低头望雁飞，
乱云头顶旋。

"东岗山，第三湾，
冲破云海到山巅。
云从脚底过，战马喘气冒着汗，
匪军士兵路旁倒下一大半。

"东岗山，第四湾，
匪军吓得脸色土一般。
笨重武器扔到山崖下，
只顾得姨太太和银钱。

"东岗山，第五湾，
老乡们心中暗喜欢。
此时动手好时机，
准备把匪军推到崖下面。

"匪军大队前边走，
我们抬着弹药故意拖后边。
暗号一声响，
无数的扁担拳头把匪军打得稀巴烂。
几个不久前被抓去当兵的农民兄弟，

也反转枪口站在我们这一边。

“搜缴了敌人身上的枪弹，
然后把尸体掀下山。
我们大家一声呼啸，
高高兴兴胜利把家还。”

“乡亲们”，三娃站在凳子上高声说：
“我是解放军派来侦察敌人消息的。
不能让敌人逃掉一个，
要把他们全部歼灭在东岗山。

“翻过东岗山第九湾，
就来到长江的渡口边。
解放大军在后面，
全歼敌军就在眼前。

“敌人逃过江，
等于放虎归深山。
关门打狗有诀窍，
堵住渡口是关键。”

东岗山自古九个湾，
没有第二条路能越过东岗山。
鸟在山中迷路飞不出，
只有太阳和月亮东边上山，西边下山。

英雄们正在紧急商量，
老人家忽然有了新主张：
“孩子们跟我抄小道走，

我还记得老红军渡江走过的地方。”
三娃要洪成给部队送信，
报告敌军溃逃的方向。
洪发转身背起老父亲，
决心把敌人逃跑的渡口堵上。

月亮高高挂在天空，
风吹在身上有几分寒冷。
星星是受苦穷人的指路明灯，
照耀着他们朝着胜利前行。

六

三娃和洪发带着群众急速前进，
山径越来越险峻，溪谷越走越难行。
瀑布轰鸣，泉水潺潺忽近忽远，
忽强忽弱，忽高忽低，好似悦耳的胜利赞歌声。

越走树林越深，
举目但见石峰高插入云。
当年的羊肠小道已被荒草埋没，
标示方向的笔架山也淹没在群峰之林。
为了歼灭敌人，
再险再难也要继续前进。
为了摸清渡江的道路，
不惜爬上每个山峰。

军机紧急时间短促，
不能爬遍每个山峰，更不能多走一点弯路。
必须走在敌人前面，
把敌人逃跑的渡口堵住。

洪发背着父亲爬向高耸入云的仙女峰，
三娃领着乡亲们紧随其后努力攀登。
崖缝和树根就是他们前进的道路，
爬到半山腰好似到了天空。

仙女峰的峰顶已清晰可见，
山势越来越陡寸步难行。
眼看就要爬到峰顶，
发生了一件不幸的事情。

洪发背着老父一脚踩在松动的石块上，
石块哗啦啦向崖下滚动。
在这千钧一发之际，
洪发高举父亲过了头顶。
他高喊“快抓住头上的松枝！”
自己却随着碎石滚到山下深涧之中。

众人急忙高喊“洪发，洪发！”
群山默然寂静无声。
老人悲伤的哭泣着，
此情此景众人无比沉痛。

月亮慢慢隐进白云，
白纱似的瀑布肃穆的从高山石壁垂下。
三娃和乡亲们低头凝望着无底的山谷，
崖底的云雾为勇敢献身的英雄献上朵朵白花。

老乡们擦干了眼泪继续前进，
背着老人终于攀上了仙女峰的顶巅。

缥缈的笔架山就在眼前，
巍峨的群峰向仙女峰顶上的英雄们低头觐见。

月亮从云层里露出了喜悦的面庞，
青蛙跳出山涧纵情歌唱。
老汉指引着乡亲们，
沿着神秘小路奔向新的战场。

逢悬崖用绳索为梯攀缘而上，
遇深涧激流把绳索套住隔岸苍松像打秋千一样跃过。
猫头鹰从林中飞上天空，
瞪眼望着这些奇异的“旅行者”。

沿路参天的大树，
无数奇异的花草，
峥嵘的岩石，
高耸入云的山峰，
闪着银光的溪流，
来往过路的白云，
美妙无比的仙女峰，
被英雄们远远抛在身后面。

老汉告诉大家：
“穿过了岩洞，
就是东岗山第九湾，
那时就到了长江的渡口边。”

三娃兴奋地指挥着乡亲们，
用枯枝和干草扎成火把，准备穿越岩洞。
火把像一串火珠，燃烧在岩洞中，

岩洞中的溪流映照着英雄们的身影。

隐约可以看见无数怪兽状的岩石，
迎面扑来又迅速离开。
岩洞有时开阔有时狭窄，
宽阔处像是狰狞的魔王宫殿，
狭窄处只能一个人匍匐爬过。

终于岩顶上透出一线黎明前的光亮，
在英雄们的心头升起了光芒万丈的太阳。
同志们啊！
为将要到来的胜利欢呼吧，
但是先别着急，
要像将要出膛的枪弹那样沉得住气。

第六章　渡口堵击

一

穿过岩洞翻过青翠的山岗，
眼前就是浩瀚的长江。
晨曦中微微泛红的江面上，
十几个匪兵正在慌忙的摆弄船只和木桨。

赶紧夺取敌人岸边的船只，
凭借山崖把渡口牢牢把死。
老乡们刚要站起来向渡口冲去，
三娃用手示意大家要沉住气。
“如果惊动敌人把船划开，
我们的计划就会前功尽弃。”

三娃带领大伙儿匐匍前进，
悄悄靠近敌人的船只。
他们趁敌人不备，
猛地跳到敌人的船里。
匪兵吓得尖声喊叫，
随之枪声四起。

有几个老乡潜进水里向敌人的船游去，
另外几个老乡在岸边朝敌人射击。
三娃和刘英夺了一只木船，
急忙摇桨向逃跑的敌船追去。
刘英划桨把舵，
三娃举枪瞄准敌人射击。

眼看逼近敌船，
敌人转身猛烈还击。
刘英左臂中了一弹，
他咬紧牙关双腿挟着舵，右手继续摇桨。

潜水的老乡摸到敌人船边，
两人先勇敢地跳到敌船上。
夺了敌人手中的机枪，
三拳两脚把敌人掀进波浪滚滚的长江。

二

岸上的乡亲已在山崖选好了埋伏地点，
这时候溃逃的敌军已离江边不远。
江边战斗的枪声他们早已听见，
慌忙加快速度前来增援。

“弱弩之末穿铁板”，苦啊！

一场阻击敌人的凶恶战斗就要展开，
来不及破坏这最后一只渡船。
三娃要求大家沉住气，听从指挥，
老乡们个个磨拳擦掌，随时准备冲向前。

大地突然异常宁静，
连身边战友的呼吸都听得见。
俄而传来敌人疲倦而急促的脚步声，
先头部队很快闯进三娃设置的埋伏圈。

三娃一声大喊："开枪！"
子弹和手榴弹像暴雨一样倾泻在敌群里。
只打得敌人鬼哭狼嚎尸横大道，
没死的丢下枪支鼠窜奔逃。

接着敌军大队来到，
师长下达了攻击的命令。
敌军梯队连续发起冲锋，
一批倒下又一批向前猛攻。

乡亲们如有充足的弹药，
敌人的尸体在山崖路旁会堆成山丘。
但英雄们的弹药越用越少，
不但要弹无虚发，最好能一枪毙命几条。

战斗越来越艰难，
英雄们最后只能用石头阻击逃跑的敌人。
洪发爹和刘英冒着弹雨摸到路边，
从敌人的尸体上搜索子弹和手榴弹。
敌人以为英雄们都牺牲了，

又成群拥上来企图冲到渡口。
这时山崖上忽然枪声骤起，
只打得敌人又退缩回去。

三

三娃忽然想起还有一只木船停在江边，
不能让敌人乘船逃窜。
他利用敌人冲锋的空隙，
滚到江边悄悄上了木船。

船舱中有一挺敌人丢下的机枪，
他端起机枪朝着正要爬上山崖的敌人猛射。
敌人的攻击再次失败，
瞬间十几个敌人集中火力向江面扑来。

三娃边向敌人还击，边把木船划开，
又有十几个敌人泅水向木船游来。
在江面上三娃同敌人左右周旋，
使泅泳的匪军不能靠拢船边。

刘英在岸上看到情况紧急，
不顾身上的枪伤，勇敢跳到江里。
眼看快要靠近三娃船边，
受了伤的刘英又被敌人的枪弹打翻。

刘英沉入江中，
很快又浮出水面。
他刚喊了一句“我们一定会胜利的！”
一个浪头涌来，把我们的英雄冲走了。

眼看敌人靠近了木船，
三娃怀抱机枪射出了最后一排子弹。
接着用刺刀猛刺船底，
三娃随着木船沉在江水里面。

在风声和浪声里，
三娃依稀听见解放军冲锋的号声；
在波浪起伏中，
三娃仿佛看见了胜利的红旗在渡口飘动。

四

当追击敌军的解放军赶到渡口，
在险峻的山崖上只剩下七八个乡亲战斗到最后。
人民军队风卷残叶，
干脆利落地结束了战斗。

敌军除去被击毙的全部成了俘虏，
反动地主何成混在敌军中也没能逃走。
阻击敌人的乡亲同解放军战士紧紧拥抱欢庆胜利，
还诉说着三娃在波涛中的最后搏斗。
小梅红着眼睛跑到三连连长面前，
要求准许她参加解放军：
“我要像三娃那样拿起枪杆，
为天下的穷苦人报仇！”

五

三连驻在林家墟暂时休整，
墟里大部房屋被敌人烧成一片瓦砾。
乡亲们从山里扛着梭镖火枪回来，
迎接解放军并欢庆胜利。

墟里恶霸地主林仲白跑出五里地，
终于被贫苦农民抓回。
群众义愤填膺，
立即召开了斗争大会。

四周山岗布满了手持梭镖的民兵，
会场上挤满了男女老少村民。
每一个农民，每一寸土地，每一条溪流，
都是恶霸地主罪恶事迹的证人。

从山林里回来的青年农民，
纷纷要求参加解放军。
村里十多岁的娃娃组建了儿童团，
天天在田垅和山坡上放哨送信。
遇有生人走近就上前盘问，
并把可疑的人交给解放军。

八月十五的晚上，
村前广场上军民举行联欢会。
动听的乐曲为昂扬的歌声伴奏
庆祝贫苦农民翻身做了主人。

小梅独自站在山岗上，
遥望着南方天空遐想。
她好似看见三娃在船上同敌人继续英勇搏斗，
再仔细凝视只见碧空如洗和一轮皎洁的月亮。

第七章　从南岸归来

一

三娃随着浪向东漂流，
汹涌浪涛中出现一只渔船。
船上一个老渔翁和一个年轻的姑娘，
老渔翁叫赵二爹，姑娘叫赵小兰。

他们家就在长江南岸，
赵二爹三代都是打渔的穷汉。
一只破船，两张破网，
就是他的全部财产。

这天父女俩划船来到江中，
一网又一网，网网都捞空。
老渔翁正在船上纳闷，
小兰忽见不远处有一个东西在随波漂动。

“爹！你看漂来的那是什么？”
老渔翁仔细瞧了瞧说：
“好像是一个落水的人，
快快打捞起来救他一命。”

父女俩把三娃捞到船上，
他心脏还没完全停止跳动。
父女二人急忙施救，
三娃才慢慢苏醒。

三娃睁眼一看情况大变样，
自己怎会躺在渔船上？
身边守着一个老渔翁，
还有一个年轻姑娘倚在身旁。

太阳已高高挂在天空，
江面为什么这样平静？
听不见枪声，看不见解放军的身影，
这是真的人间，还是在做梦？

小兰开口把话问："你是何人？来自何方？"
老渔翁长叹说："年轻人短见寻死太荒唐！"
三娃说："老爹啊，
东家逼得我无路可走才投江。"

"我家住在梅花洲，
名字就叫李阿狗。
只因祖辈种了地主七斗田，
债台高筑像大山。
爸爸被逼上了吊，
妈妈一病不起下黄泉。
我独自一人无法过，
死了可免受苦难。"

二爹听罢开言道：
"我们人穷要志不短。
打鱼的人苦日子如黄连，
我受的苦难三天三夜也说不完。
听说解放军离这儿已不远，
不多久就拨开乌云见青天。

如果不嫌我们渔船小，
就称作小兰的表弟随我把家还。”

三娃随二爹和小兰收网上了岸，
河湾里，树丛间，缕缕炊烟飘上天。
三娃来到二爹家，
只见一堵篱笆墙，半扇破门板。

二

三娃在二爹家帮助撒网捕鱼，
转眼就有一段时间。
他逐渐和渔户混熟了，
晚上常到各渔户闲谈聊天。
村里有个老渔户陈老七，
说起打鱼就摇头叹息。
祖上打鱼干了三辈子半，
风里来雨里去换不了一碗饭。

三娃把陈老七慢慢劝：
“穷人吃不饱肚子有根源。
捕来的鱼能堆成山，
卖鱼的钱全被渔霸剥削完。
要想打的鱼归自己，
村里的渔民要紧密团结起。
打倒渔霸翻了身，
长江的财富才能属于咱穷人。”

三娃的话热辣辣，
全是贫苦渔民心里话。
三娃和渔民心贴心，

他成了渔民的知心人。

陈老七心好奇，有天晚上与三娃套知己：
“听说江北来了解放军，
解放军专门向着咱穷人。
没田的分给田，
娶不起亲的也娶了亲。
受压迫的穷人都翻了身，
穷人头上的恶棍都除了根。
你从江北来，
我问你这些是真不是真？”

“解放军是穷人的大救星，
领导咱穷人闹革命。
解放军是咱的大恩人，
带领咱穷苦人闹翻身。
国民党军队见了他们就像老鼠见了猫，
地主恶霸听说共产党来了就闻风逃。
解放区的天是明朗的天，
解放区的穷人心喜欢。
穷人种田归自己，
家家仓里装满了粮食。
他们选最好的稻谷支援前线，
他们送最优秀的子弟去打江山。”

灯不拨不亮，
理不说不明。
渔民听了三娃的话，
个个心里亮彤彤。

三

一天夜晚，在江心的渔船上，
三娃对二爹和小兰说出了自己的真情。
小兰睁大眼睛暗暗吃惊，
二爹捋着胡须心潮难平静。

“谢谢你们父女二人救了我，
给了我二次生命让我杀敌立功。
我要马上回江北去找部队，
相烦你们把我往北岸送一程。”

知道三娃就是天天盼的解放军，
父女俩的心情如同江中的波浪一样激动。
小船慢慢靠近北岸，
二爹悄悄发了言：
“你告诉解放军的指战员，
将来大军渡江日，
我和小兰第一个摇船来接应。”

小兰的眼睛今晚格外明，
三娃的话点燃了她心中的火种：
“我们江南许多苦难的渔民，
都在眼巴巴的等待着你们。
我们回去就暗地组织武装，
在港汊和湖泊扰乱敌人后方。
你们一旦渡过长江，
我们一定配合你们打个漂亮仗。”

“这是什么时候照的，你象我吗？”

第八章　飞渡长江天堑

一

三大战役歼灭了蒋军大部精锐兵团，
解放大军浩浩荡荡聚集在长江北岸。
国民党统治中国的好梦已成泡影，
共产党将收拾江南半壁江山。

三娃所在的部队正整装渡江南下，
战士们举手宣读着铁的誓言。
三娃还不满十八岁，
已被吸收为光荣的共产党员。

我们要去解放江南，
江南人民正受着深重苦难。
我们要跨过长江勇猛前进，
我们的身影将出现在每个山区和平原。
我们要喝遍每一条河流的水，
我们要像雄鹰在祖国每一座山头盘旋。

二

四五月间江水滚滚波浪滔天，
三连成为鄂西渡江部队的先锋连。
连长派三娃先到江南岸侦察联络，
三娃驾着小船乘风破浪到了南岸。

三娃到了三河港已是午夜时分，
走到小兰家，门敞着空无一人。

房子四周的墙都倒塌了，
村中大部分房屋已被火焚。

大树后猛的闪出一个人，
厉声喝问“你是谁？”
三娃听那声音非常熟悉，
便回答“我是三娃，你是谁？”

陈老七从大树后面跑了过来，
三娃喜出望外，一把拉住老七的手急切地问：
“乡亲们都去了哪里？”
老七拉着三娃往树林里边走边说，
“我们现在正打游击，
都把渔船开进了港汊里。”

两个人穿过一片密密的树林，
翻过一个山丘，来到芦苇隐蔽的港湾。
沿着港湾又走了一会，
在芦苇深处找着一只小渔船。

两个人划船在芦苇丛中转了几个湾
在一个绿洲旁停下上了岸。
老七把三娃领进一间茅草屋，
嚷着“三娃从北岸来，大家快来见。”

一位英俊的女游击队员站在三娃面前，
三娃一看是小兰，便说：“我有急事要与你们队长谈。”
小兰说：“可盼得你来了，有事就对我说吧！”
三娃心里嘀咕着游击队长莫非就是小兰？

三娃正在思忖，小兰接着问道：
“你这次来的任务是什么，
是不是大军渡江要我们配合？
我们有五十只船，一百多人，
匪军一个营对我们也无可奈何。”

三娃低声将部队要在蛇尾岗渡江的事交待：
“我来南岸是组织群众在解放军渡江时武装接应。
蛇尾岗有一个岗楼和五个地堡，
驻扎有一个连的敌兵。
部队希望我们游击队到那时迅猛袭击敌人，
使大军渡江作战迅速获胜。”

小兰队长派陈老七到北岸送信，
与解放军约定渡江日程。
三娃日夜派人四出打听敌军的消息，
留在南岸帮助游击队准备武装接应。

三

这夜三娃和小兰驾船来到江上，
远望北岸静悄悄无一点声响。
南岸敌人岗楼窗口里闪烁着灯光，
黑暗中好像毒蛇的眼睛一样。

敌兵在岗楼里正喝酒行令，
站岗的士兵挟着枪在江边晃动。
小船沿着江边悄悄向西划去，
三娃和小兰仔细地观察着地形。

小船转过几道湾，

很快隐蔽在芦苇间。
三娃小兰上了岸，
游击队员的斗志冲霄汉。

四

解放军开始渡江，
船上的战士斗志昂扬。
此时游击队分成水陆两支，
向蛇尾岗敌军的岗楼合围收网。

小兰带领水军乘船前进，
埋伏在附近港汊的芦苇荡。
三娃率游击队员从陆上包抄
潜藏在附近的土丘山岗。
北方江面隐约可见一片片帆影，
好似迎面伸出的无数钢铁巨掌。
长江万顷波涛静静向东流去，
月亮不时从云层里探头张望。

南岸敌军哨兵疲惫地打着呵欠，
解放军的战船神不知鬼不觉就到了面前。
吓得哨兵一声尖叫，
岗楼中的敌军顿时乱成一团。

解放军攻击的信号弹腾空而起，
密集的炮弹倾泻在南岸岗楼地堡间。
暴风雨般的枪弹呼啸而来，
打得敌人鬼哭狼嚎团团转。
敌人凭借地堡绝望顽抗，
从地堡里喷出了凶恶的火焰。

三娃带着游击队摸到了岗楼两旁，
硬把一捆捆手榴弹塞进几个地堡里面。
“轰”“轰”一声声震耳响，
把地堡的天灵盖都炸得飞上了天。

岗楼上的机枪越来越疯狂，
在滩头织成了一张火力网。
刚登陆的小梅不幸腿上中了弹，
一头栽倒在沙滩。
小兰看见忙救起，
包扎好伤口问长短。

三娃带领爆破组爬到岗楼下，
五大包炸药靠在墙根边。
导火索点着忙躲开，
一声巨响岗楼里的敌人上了西天

没死的敌人从砖瓦堆里爬出来，
哆哆嗦嗦举着双手来投降。
解放军与游击队并肩迎接胜利，
军民携手欢呼庆祝解放。

小兰参加了解放军，
和三娃小梅编在一个连队。
他们互相帮助情同手足，
并肩作战亲如兄妹。

黄莺在枝头纵情歌唱，
溪水带着胜利的消息流向远方。
解放军以威武、正义之师继续向前挺进，

要把胜利的旗帜插遍祖国每一个城乡。

（这是敢峰20世纪50年代写的长篇叙事诗。当时没能及时公开发表，时过境迁，这部长诗就始终压在箱底。敢峰非常珍视这部长诗和诗中充满的激情。2009年9月，敢峰翻出诗稿，在舒风协助下做了少量文字上的修改，现收录入本集。）

岁月之歌

父与子

爷爷和孙女

老来也

“峰岸相望”话敢诗

（编后絮语）

舒　风

我与敢峰相交半个世纪了，可谓深知其为人。在我写的《人比山高：敢峰的理念和人生》（中国青年出版社2005年1月出版）中，曾提出他其实也是一位“未浮出水面的诗人”。我之所以编《敢峰诗集》，也是基于这种认识。正好，近些年他诗兴颇高，又写了许多诗，终于促成了编诗集的事。为此，敢峰自己还特意钟情地写了《我与诗》的自述，讲述他与诗的情缘，并在附记中提出了他的“峰岸相望”的人生追求。与此同时，他还写了一首题为《未了情》的诗：“峡底观日出，长空摘星辰。莫谓天地阔，诗是未了情”。由此可知诗在他心目中的位置和分量。在“峰岸相望”中的敢峰，才是全面的真实的敢峰。用“峰岸相望”解读敢峰其人其诗，大概也是一把钥匙吧！

敢峰的诗文，如影随身，从学生时代开始就伴随着他一路走来。在20世纪50年代，新中国正在日新月异的飞跃发展。敢峰面对祖国蒸蒸日上、欣欣向荣的

秋 梦

景象，心潮澎湃，激情迸发。从1956年到1958年，敢峰利用工作之余暇，满怀革命的激情，写了大量歌颂社会主义建设、鼓舞人民斗志的诗篇。后来由于种种原因，敢峰转到写散杂文章和思想评论上去了。用他自己的话说是"不走诗运走文运"，于是与诗渐行渐远。到了20世纪90年代，敢峰离休后创办了北京力迈学校，这时他有更多的机会到祖国各地旅游、考察和参观。他看到改革开放后的祖国又焕发了青春，如画的大好河山，又点燃了他埋在心底的诗情火种，大量的诗作又喷发而出，从此他的诗作进入了又一个高潮。

纵观敢峰的诗，我总结了六大特点。

第一个特点是富有时代气息，时代特色非常鲜明。

每个诗人都追求自己的风格，但最独特的风格离不开诗人生活的那个时代。一个诗人的作品，游离于时代之外，无病呻吟，尽写些风花雪月，是不可能打动读者的。诗人的思想、情感都和他生活的时代息息相关，他们的诗作无不打上时代的印记。敢峰也不例外，新中国处处如火如荼的建设场面，每时每刻都在激励着他、鼓舞着他。祖国每前进一步都在他的诗歌中得到反映。敢峰在许多诗篇里把自己的，也是人民

走　读

大众的爱国之情，豪放地抒发出来。

1956 年 1 月，敢峰到东北出差，那些见所未见的火热建设场面，激发了他的诗情。他夜不能寐，在火车上构思，在旅馆里写作，在很短的时间里写了一组诗。他在《车过山海关》中写道：

我站在车站天桥上远望
长城沿着山脚直插云端
高空有两只苍鹰正飞翔
在凭吊这古战场的山巅
历史的巨轮滚滚向前
祖国的建设热火朝天
昔日关外的漠漠荒野
今天已换了人间

祖国经济建设取得惊人的成就，新建的工厂拔地而起，荒漠变成了粮仓。这些巨变时时激励着敢峰，他在 1956 年写的《歌唱祖国》中激动吟咏道：

书 悟

鲜花开遍了春天的原野
怎比得我们新盖的雄伟美丽的厂房
天上数不清晶莹的星星
竟被工地的灯火啊，羞愧得暗淡无光

敢峰走到哪里，赞美到哪里，歌唱到哪里。他到了沈阳写了“沈阳的早晨”，到了长春则写“长春的黄昏”：去陕西写了“渭河平原”的巨变，到云南则写“滇北山河”的秀美。敢峰不是画家，却用诗为祖国绘制了一幅幅壮丽的图画。

敢峰的诗像祖国前进的鼓点。时代的前进，在他的诗中大都有反映：祖国的变化，在他的诗中大都有记录。虽然有一段时间敢峰写诗较少，大量的诗稿也遗失了，但仍可窥见一斑。上个世纪五十年代全国掀起整风运动时，敢峰还写了一首政治诗《朋友，痛快地洗个温水澡吧》，诗的最末一节是：“朋友，在群众批评的风雨中/痛快地洗个温水澡吧/洗掉官僚主义和宗派主义的灰尘/你会变得格外年轻和聪明/惊喜地发现群众对你特别亲近/意识到过去有些事/自己处理的太愚蠢”。

游 学

1957 年 5 月，当美帝国主义把导弹布置在台湾，在东南沿海封锁我们国家时，他写了《闻美国将“斗牛士”导弹运往台湾》的政治讽刺诗，声讨美国政府的侵略罪行：

美国把“斗牛士”导弹运往台湾
华尔街老板挺着大肚皮笑开颜
自以为台湾海峡的风雨从此归他指挥
想袭击谁就可以随意向谁开战
……
在太平洋上
连太阳都在领着海浪高呼口号
“美帝国主义滚出西太平洋！”

敢峰诗的第二个特点就是感情真挚，饱含着革命激情。诗，必须表达出作者的真实感情，不管是恨还是爱，是忧愁还是欢乐，没有真实感情的流露便不成为诗。但“革命的激情”之“情”不是凭空可以产生的，它需要深厚的思想基础。这种思想基础就是无限热爱祖国、热爱人民、热爱党、热爱新的社会生活。

物我两忘

有了这样的思想基础，才能产生热爱新生事物的"激情"，才能强烈地抨击腐朽的、落后的东西。一句话，有了这样的思想基础，写出来的诗才能旗帜鲜明，富有时代感和战斗性，才能激励读者奋发前进，努力工作和学习。

1956年11月5日，敢峰写了一首《我怎能捺下这颗心》。他在诗中把正读书的大学生们急切地想投身到火热的社会主义建设中去的心情，淋漓尽致地表现出来了：

读书声惊醒了未名湖的微波
鹰在巍峨的塔顶翱翔
天天早晨我坐在宁静的湖边
我的心却随着白云飞向远方

我的心飞向祖国的钢都鞍山
那里钢水在沸腾，机轮在转动
头顶的浓烟像团团美丽的云朵
烟囱像无数巨臂紧抱着天空

幻 境

我的心飞向长江工地
一个钢铁的长虹将要跨过那里
从三峡涌来的波涛滚滚东去
一列列火车轰隆着横过天际

我的心飞向克拉玛依
飞向那石油之海的柴达木盆地
春风和人的欢笑惊走了荒原上的野马
一排排的厂房和帐篷在黄沙中屹立

生长在这宽广美丽的国土上
生活在这劳动热情奔放的年代里
年轻人火热的心啊
怎能关在这一片幽静美丽的校园里
……

在祖国一日千里飞速发展的年代，每一位年轻人都会热血沸腾，跃跃欲试地想投入到祖国的建设事业中去。诗中的“我”，不是一个人的“小我”，而是代表了一代有为的青年人的“大我”。

幽 境

敢峰在诗中写青年人热切参加祖国建设的激情，不是简单的一吐为快，而是把这种热情写得波澜起伏，先扬后抑，抑中有扬。开始“我”被祖国热火朝天的建设所吸引，“心随白云飞向远方”，飞向“钢都鞍山”，飞向“长江工地”，但为了“响应祖国号召”又把“飞向远方”的心收回来，“在这幽静的校园里坐下来学习”。“我”为祖国热火朝天的建设事业所吸引而不安心学习，最后又为了未来更好地建设祖国而安下心来学习。我的心，飞走是为了祖国，飞回来来也是为了祖国。这首诗的感情波澜起伏，寓意深刻隽永之处也在这里。

敢峰诗的第三个特点是写出了生活美。请看他《陕西抒怀》之二《山腰里的筑路工人》：

不管风起云涌
山腰里
筑路工人的劳动热情啊
把半个天烧红

不管狂暴的风吹雨打

仙 境

山腰里
筑路工人坚强昂扬的意志啊
像暴风雨里翱翔的雄鹰

雨过天晴，乌云离开山顶飘去
山腰里
筑路工人的歌声啊
像瀑布在峡谷中喧腾

三节诗写了三个不同的美丽画面，三个画面各有不同的侧重。第一幅画面主要突出了艳丽的色彩，火红的天空是被“筑路工人”的“劳动热情”燃烧成的。第二幅画面突出了在“暴风雨里翱翔”的雄鹰，但这“雄鹰”是“筑路工人”“昂扬的意志”化成的。第三幅画面突出了“筑路工人”嘹亮的歌声，它“像瀑布在峡谷中喧腾”。这三节诗构成了五彩缤纷，雄鹰飞翔，瀑布飞流，声震峡谷的立体场景。

《陕西抒怀》之一的《灞桥春色》，除了写出美丽的画面，还通过男女青年的恋爱，表达了更深的含意：

尘 境

渭水边耸立着一座巨大的发电厂
灞桥的春色从此变得美丽而雄壮
桥下的浊浪不再流泻悲痛和离愁
春风吹动流水，发出愉快的声响

发电厂的一个年轻工人
爱上了农业合作社的一个姑娘
月亮照着他们来到河边
河水啊，今夜流得格外响亮

两个人在河边走着
心里像浪花一样翻腾
年轻的恋人啊
即使你们不说一句话
河水也会替你们倾诉爱情

星星在头顶上眨着顽皮的眼睛
柳条在水面含羞的依偎着月亮
多么美满的一对啊
一个是能干的小伙子

船游香港维多利亚海湾

一个是美丽勤劳的姑娘

我们的发电厂和农村也好像互相爱上了
四周绿色的田地紧紧地拥抱着灰色的厂房
风中起伏的麦浪像是姑娘美丽的裙子
高举的烟囱啊，像是工人们雄健的臂膀

渭水边耸立着一座巨大的发电厂
灞桥的春色从此变得美丽而雄壮
桥下的浊浪不再流泻悲痛和离愁
春风吹动流水，发出愉快的声响

诗人描绘了灞桥的春色，春色中最美的莫过于“渭水边耸立着一座巨大的发电厂”，使“灞桥春色变得美丽而雄壮”。在这美丽如画的地方，“发电厂的一个年轻工人/爱上了农业合作社的一位姑娘”。他俩在月光下沿着河边漫步，潺潺的流水也在为他们的甜蜜的爱情欢唱。这首诗表面写了一对青年男女的爱情，实则寓意新中国的“城乡结合”“工农联盟”，就像青年男女相爱那样自然，那样甜蜜，那样不可分离。

在英伦

敢峰诗的第四个特色是气势磅礴，粗犷而无雕琢气。敢峰的诗，朴实无华，不管写景、抒情、还是叙事，都是用通俗直白的语言，没有刻意堆砌华丽的辞藻。《云啊，骄傲的飞吧》是一首优美的抒情诗。诗人通过“白云”鸟瞰了祖国壮丽的山川、雄伟的厂房和合作化后的如画原野：

云啊，骄傲的飞吧
在祖国辽阔的土地上
到处都是你温暖的家
你疲倦了
每个山头可以拥抱而睡
每一条溪流
都把你的行迹牢牢记下。

我听见你在惊叹着
祖国几年来变化的奇迹
你和工厂烟囱的浓烟
紧紧拥抱
难解难分

不是月下客，权作梦中游。

你刚骄傲的陪着太阳
参观工厂里的金色瀑布
又带着满天星星啊
去访问合作化后的农村

这首诗的气势是多么大啊！“白云”陪着“太阳参观工厂”然后又“带着满天星星”去“访问合作化后的农村”。但诗句又是用群众的口语写成，没有一点儿知识分子文诌诌的腔调。

再如，《陕西抒怀》之一的《渭惠渠边即景》：

渭惠渠像一条黄金的带子
系在关中平原身上
它灌溉着四周的土地
发出愉快的声响

原野上的麦子长得又高又绿了
万顷翠绿簇拥着远近的村庄
几辆推草的车子停在跌水闸的旁边
农民在渠边坐着休息，边抽烟边看夕阳

好心情

“几辆推草的车子停在跌水闸的旁边，农民在渠边坐着休息，边抽烟边看夕阳”。诗人就是用这样极通俗的大众化语言，把农民劳动间隙小憩时，悠然自得的神态刻画出来了。

在20世纪五六十年代，敢峰写了大量的诗歌，也许是由于生活的底子薄，诗的韵味还不够太浓；也许是不符合某些编辑的口味，没有被看中。总之，他在这段时间，发表了大量散杂文章和思想评论，报刊上没有发表过他一首诗歌。假如当时敢峰的诗才被哪一位“伯乐”发现了，我国诗坛无疑会增加一位杰出的诗人。即使如此，敢峰的诗兴并没有减退，1966年4月间，他带领学生在河北遵化县大寨公社劳动回来，写了一组诗，总题目是《祖国到处有大寨》。在这组诗里，敢峰热情歌颂了劳动人民战天斗地的英雄气概：

给我照一张

荒山秃岭栽果树
乱石滩上建良田
一阵阵夯声迎风起
一条条水渠绕山间
祖国到处有大寨
看，歌声起处——
遍地英雄下夕烟

这组诗写好后即寄给《光明日报》文艺部黎丁同志，本来要用的，但不久即爆发了“文化大革命”，被压了下来。假如没有“文革”这场浩劫，假如这组诗发表了，也许敢峰早已在诗坛上崛起。直到1983年8月，敢峰调到北京市委宣传部以后，黎丁已经办了退休手续，才非常惋惜地把诗稿退还给他。

敢峰诗的第五个特点是蕴涵深，富有哲理。他有一首短诗《海滨小悟》云：“清高岂能济世，正确未必成功。有志尚待磨砺，浪急更须从容。”这四句诗都是触景生情，有感而发，句句含有哲理，经得住琢磨和品味。拿第二句“正确未必成功”来说，非常辩证。一般人认为“正确”的人或事，一定能够“成功”，其

到了天涯

实未必。因为社会生活非常复杂，事物瞬息万变，还有情势和机遇等各种因素的影响，不是由人的主观愿望所能决定的，一旦把握不住，或把握不准，主观与客观稍一脱节，或者时运不济，力量不逮，错失机缘，都会导致失败。这样的人和事，古今中外不胜枚举。

敢峰的诗写得太直白，初读往往觉得诗味不浓，意蕴不深。那是由于没有反复吟咏，仔细咀嚼的原因。宋代周密在《齐东野语》中讲了这样一个故事：过去有一个人拿着一首诗，在苏东坡面前朗诵了一番，然后问他：“这诗可以得几分？”苏东坡说：“十分。”那个人非常高兴。苏东坡徐徐说：“三分诗，七分读耳。”这个故事说明好诗要反复诵读，用心体味，才能理解其妙处。敢峰在游颐和园时写了一首题为《石舫》的诗：“石舫非舫胜似舫，不怕风雨不怕浪。风浪袭来不颠簸，天雨天晴都一样。”对这四句大白话，可能见仁见智，有不同的解读。一种解读是，表面是描述石舫，它“不怕风雨不怕浪”，“天雨天晴都一样”，其实是在歌颂敢于坚持真理，坚持原则，勇于与风浪搏斗的勇士。他们能做到“威武不屈，贫贱不移，富贵不淫”，这种高尚品德的人正是我们国家的栋梁，民族的脊柱。

访刘少奇故居

另一种解读是，这是一首寓意更深的讽刺诗。只需反复诵读，用心体味，一切就都明白了，而且会拍案称“妙”。这正是敢峰所说的“朴实有华，平淡有奇”啊！这种“华”与“奇”，正是在反复诵读、用心体味中悟出来的。

“诗以言志，歌以咏言”。诗为心声，唐代刘禹锡说：“心之精微，发而为文；文之神妙，咏而为诗。”所以说诗品如人品，敢峰为人质朴，他的诗也朴实如流水，不尚辞藻。敢峰年届“而立”就树立了改革中国教育的远大理想，“耳顺”之年又提出“重构基础教育”的倡议并付诸实践，创办了力迈学校。年逾“古稀”提出“愿天下子女都成才”的崇高愿望，愿和天下有志的教育工作者一道把这变成现实。但由于种种原因，他的计划飘落了。敢峰对此念念不忘，此情此志在他的许多诗里都有所反映。2007 年 5 月，他在《三峡大坝前感怀》中就吟出：“大江东流去，劳燕各分飞。教育千秋业，留待后来人。”2010 年 5 月，时值北京景山学校建校 50 周年时，他写了一首《感怀》：“人才贵创新，应试风难平。漫漫教改路，景山未了情。”敢峰魂牵梦绕的始终是“教学改革”，坚决摈弃

留个纪念

应试教育和繁琐教学，让天下子女都成才！正是：天长地久有时尽，此情此志无尽期！

敢峰诗的第六个特点是大胆地突破了旧体诗的格律束缚，自成一体。改革开放以来，特别是进入新世纪后，敢峰写了大批类似旧体的诗。这些诗，用敢峰自己的话说是：“非新非旧，亦新亦旧，旧中有新，新中有旧，新旧一体，不拘一格。但追求笔随意转，神采飞扬，气韵流畅，水天一色。”所以他写诗“更注重意韵和气韵，意之所至信马由缰，纵情挥洒，不为形韵和音韵所拘，故在诗中不时出现……音韵失调，形韵零乱”的情况，但并不失其致。无以名之，我不妨暂把敢峰的这种诗体戏称为“敢体”。“敢体”有两层意思：一是勇于突破旧格律，旧框框，大胆地创新，自成一体；二是用“敢峰”名字的第一个字来称呼他这种探索中的新诗体。哲人说，地上本没有路，走的人多了就成了路。这种诗体写的人多了，自然就成为诗坛中的一股新潮。

敢峰写诗也不是完全不讲究韵律和句子整齐。他在20世纪80年代写的许多诗都是整齐的五言或七言旧体韵律诗。这些诗都是触景生情，抒怀、状物、咏人，

在北京市社科院

虽然都是即兴之作，但仍不失为佳篇。

比如，1984 年 9 月，游长白山天池时，他看到长白山的壮丽景色，立即写了一组题为《游白头山天池》的诗，如：

亭亭玉立美人松，笑迎游人夕照红。
林海渐深天愈窄，岳桦尽处浮苍穹。

瀑边静坐听涛声，心入松江千里行。
祖国山河处处好，天池独占一枝春。

1985 年，敢峰到广西参加人才研讨会议后游桂林。他看着如画的山水，回想起昔日来此的情景，心潮起伏，即兴写了一首《游漓江》的诗：

阔别二十载，今日喜重临；
桂林犹识我，我不识桂林。
船倚奇峰过，人穿仙境行；
赠君青罗带，漓江最有情。

发 愤

再如，2006年10月在台湾所写《船游日月潭》：

四外景迷茫，恍如游梦乡。
明月浴何处？潭中问太阳。

像这样句子整齐，读来朗朗上口的诗还有许多，这里就不一一列举了。

古人写诗非常讲究平仄对仗和押韵。孩子在启蒙阶段就学习“对对子”“联句”，什么“天对地，雨对风，大陆对长空”，背得滚瓜烂熟。成人写诗要平对仄，仄对平。名词对名词，动词对动词，形容词对形容词。律诗中的八句诗，首句可押可不押，二四六八句最末一个字必须押韵，一般押平声的，中间不得换韵。不符合律诗的平仄韵律就不能算做绝句或律诗。杜甫的律诗对仗工稳，有名的诗句如绝句：“两个黄鹂鸣翠柳，一行白鹭上青天”。这两句中的对仗极为严格，数词“两”对“一”，量词“个”对“行”，名词“黄鹂”对“白鹭”，动词“鸣”对“上”，形容词“翠”对“青”，名词“柳”对“天”。但杜甫为了严格遵循作诗格律和对仗工整，以致把诗句倒装颠倒，

和刘莹江倾谈

弄得人读来费解。有名的例子如《秋兴八首》中的："香稻啄余鹦鹉粒，碧梧栖老凤凰枝"。"香稻"如何"啄"食"鹦鹉"的"粒"？"碧梧"怎么能把"凤凰"的"枝""栖""老"呢？其实唐代一些著名的律诗和绝句在当时就已经打破了平仄韵律的限制。崔灏的《黄鹤楼》就是最典型的例子，第三句"黄鹤一去不复返"一连六个仄声字。这首诗曾被视为登黄鹤楼的绝唱。孰料一千年后，敢峰"驾黄鹤"归来了，同样写了一首《登黄鹤楼》，连第一句都完全相同，毫不避讳："昔人已乘黄鹤去，今日我驾黄鹤归。黄鹤楼中人熙攘，四外景物却全非。高楼如云浮天际，车越天堑似鸟飞。唯有长江流不尽，极目不见故人来。"两诗中也都有两处"黄鹤"和一处"黄鹤楼"，但意韵、气韵各异，所展现的是两个时代。真可谓古今相望，新旧争辉，今人不输古人。

话说回来，现代人写的四句或八句的五言诗或七言诗，严格说其中有许多不能叫绝句或律诗，也不必非要叫绝句和律诗。现代生活非常复杂纷繁，人的思想感情空前活跃、激荡，要用简单的五七言，四句话或八句话去表达是十分困难的，何必非得如此？所以，

人生一片海

1957 年 1 月毛泽东给臧克家的信中说："旧诗可以写一些，但是不宜在青年中提倡，因为这种体裁束缚思想，又不易学。"到了 1965 年 7 月，毛泽东在给陈毅的信中又说："要作今诗，则要用形象思维方法，反映阶级斗争与生产斗争，古典绝不能要。"

试想一下，现代生活中有好多词语是四个字甚至五六个字的，如何装在五言或七言的诗句中呢？所以，敢峰在诗中为了充分表达自己的思想感情，他的诗句往往不受字数的限制。比如：《闻农民工上"春晚"——答杨敬东》："除夕忙拜年，春晚未曾看。承君告佳讯，心中乐陶然。农民工中多才俊，身处底层似龙潜。一朝脱颖出，光芒耀人寰。奋斗是柄开山斧，走遍天下不畏难。"全诗共十句，前四句五言，到了五六句突然变成七言了。七八句复为五言，最末九十两句又变成七言。敢峰为了恰当地表达自己的思想感情，他一点也不拘泥于字数，想怎么写就怎么写。

敢峰在《答雷祯孝〈陪雨〉》一诗中，诗句变化更大：

方氏猜想：你变成雨，雨变成你。

人生一片山

是耶？非耶？求证。

你陪雨，若干年后雨也会在墓前陪你。
乐由苦生不忘苦，有从无来当返无。
是耶？非耶？

这首诗每句的句式不一样，字数自然就不一般多了。这种变化，完全服从于需要和思想感情的表达。

敢峰的诗，即使是四言、五言、七言的四句诗或八句诗，都不能叫做“古体诗”，更不是“近体诗”。只能称为现代的新体诗。其特点是：重在诗魂、诗境和诗的运行气韵，形韵、声韵相随，自主挥洒，天然成章，没有固定的格律，语言接近口语或古语翻新而不追求典雅、深奥和雕琢，能真切地表达出自己复杂丰富的思想感情，而且具有相应的诗和艺术美感。

如今已八十有二的敢峰，去年在他的“碧水云天”住所还写出了这样两首“抒怀”诗：

一

云天常有，碧水长流。

人生一片景

身远喧境，居此何求？
怎奈寸心拴不住，
倚窗频眺天涯路。

二

人生不遂意，十八九无成。
但立非常志，且具平常心。
无情东流水，有情天上云。
当驾云舟去，长空摘星辰。

敢峰是勤奋的，他的大脑总是积极地思考问题。在不能投身教改实践的情况下，他继续驾着"云舟"，在科学时空中勇敢探索，写出了关于生命和心灵问题的论文，并同以前的研究成果结集出版（书名为《4CC 和 1 +1 的证明：兼及关于宇宙和生命的思索》）。他关心国家大事和世界风云，《参考消息》也是他每天必看的。

八十多岁的敢峰不只壮志不已，而且才思敏捷。他的许多诗都是当场写就的。2007 年 1 月，题赠贺鸿琛等八人的诗就是在庆祝会前夕，即兴写在宣纸上，当场吟诵相赠。《席间即兴》是在庆祝马玉田（北京文联原党组书记、敢峰的好友）七十大寿的宴席上，马玉田向敢峰突然发起挑战，以作诗赌酒：如果敢峰能即兴作诗一首，马玉田立即饮酒七杯。谈笑间，敢峰一是被逼无奈，二是油然兴起，遂出口成诗："老马今天过生日，华诞屈指整七十。一生识途无大错，七杯酒换一首诗。"众人大笑，鼓掌称妙。第一、二两句平淡无奇，作个铺垫。第三句奇峰突起，用双关词语评价了老马的一生，末句又以独特的欢庆场景收住。真难为了敢峰，把全身的细胞都紧急调动起来了。

2009 年 10 月，国庆六十周年大庆，敢峰应邀观礼。是夜他回到家浮想联翩，夜不能寐，作成一赋。赋者，是敷陈其事，抒发其情的有韵律的骈体或散文诗。敢峰从来没写过赋，但一时感情奔放写成一赋也没有什么稀奇的。该赋奇就奇在作者想象奇妙，"梦遇苏子归途同行，遂邀小酌，并求赐赋"。苏公东坡不但婉拒作赋，还赠言云："层楼无尽，贵在登临。酒不醉人人自醉，愿君莫作自醉人。"这是敢峰借苏东坡之赠言警示众人，同时也是用来自警的。

敢峰这种生命不止，奋斗不息的积极进取精神，在许多诗中都有流露，比如"若要人不老，永为时代先""康西虽小风光好，扬鞭还须学少年"。他在《八十述怀》一诗中把自己的情志更为淋漓尽致地写出来了：

人生八十始，再活二十年。
休怅日西落，皓月正中天。
摘星更比追日好，
化为灯火献人间。

二〇〇〇年在伦敦

最近，敢峰又写了一首《峰岸曲》，谈到他一生的操守和追求

信守底线，追求极致。
拳拳此心，灼灼我志。
俯仰天地，莫愧于兹。
晴也由之，雨也由之。

岸是底线，峰是极致。
岸不可摧，峰无尽时。
笑傲风浪，愧言仰止。
峰岸相望，伟哉我师。

诗由心而出，诗品如人品。诗人的品德好，诗的格调就高；诗人志高则诗洁，胸襟宽广则辞藻宏伟，目光远大则题旨隽永。敢峰诗句的质朴、直白，正如敢峰为人的质朴、正直、谦逊一样；同时，又朴实有华，平淡有奇。敢峰的一生，经得起历史的检验；他的诗，经得住咀嚼品评。

我不擅写诗，也不甚懂诗，但喜爱读诗。编完

《敢峰诗集》，欣喜之余，写了上面这些半似內行半外行的话，难免有不妥之处，希望广大读者和方家不吝指教。

2011 年 5 月 9 日凌晨 3 时
于青年湖畔公寓
2011 年 7 月修改

同舒风夫妇在一起

编后补白

2011年夏末，我编好《风岸》写完“絮语”，因粉尘过敏引起了哮喘，不得不到三亚来休养。孰料敢峰在这段时间却诗兴大发，一下跃入了诗海。他在一年多的时间内，竟断断续续写了二百余首诗。敢峰将这些诗陆续发给我。其中有的曾在《中华辞赋》和晋州市的诗刊《孔雀台》先后发表。最近我把这些诗补充编入《风岸》诗集，并为其另辟了一个栏目，定名为“更羡海天一飞鸥”。（《广西行吟》则编入“多娇江山燃诗情”）。这句诗来自敢峰的《八十二抒怀》：“年过八二未横秋，愧与雪山比白头。离天愈近海愈远，更羡海天一飞鸥。”

为什么以这句诗命名该栏呢？其原因有三：一是敢峰在“而立”之年出版了《人的一生应当怎样度过》，其封面就是一只海鸥在蓝天和海水之间搏击翱翔。记得当年敢峰非常喜欢这个封面，指着封面对我说：“人应该像这只雄健的海鸥，敢于在生活的海天之间，自由地迅猛颉颃。”敢峰在青年时代就向往像海鸥

难得如此休闲

那样，勇于搏浪击空地生活。二是敢峰虽然已八十多岁了，但其精神面貌仍然像年轻人那样朝气蓬勃，未有丝毫“横秋”的影子。2012年夏天，我从海南回到北京，曾两次拜见敢峰。他还像年轻时那样，在客厅里两只手插在裤兜里走来走去，边走边谈。因为敢峰站着，我也只好站起来陪着他踱来踱去。我们在一起谈教育，谈写诗，上天入地，海阔天空地谈了半天。敢峰仍然思维敏捷，联想丰富。他好像一只神化的海鸥，忽而飞向浩渺的星空，忽而又穿越时空的隧道，翔游于逝去的古代海天。他谈到动情之处就站下来，挥着手提高声调讲几句。当我们告别出来，与我同行的朋友说：“敢峰哪儿像八十多的老人啊？他比五六十岁的人还精神，思维还活跃！”三是敢峰一生都是以海鸥自况，敢于在恶浪滔天的海面上掠飞，勇于向乌云翻滚的天空穿击。敢峰一生不怕困难，积极进取，勇于探索。敢峰在离休后提出了“重构基础教育”的设想，创办了北京力迈学校，把大部心血投入其中。敢峰在办教育之余，又继论证“四色定理”之后论证“哥德巴赫猜想”和探索宇宙与生命起源之谜。敢峰一生在顺境中不骄傲，在逆境中不胆怯气馁。敢峰这种

和女儿女婿在一起

精神时时激励、鼓舞着他身边的同事和朋友。用“更羡海天一飞鸥”这句诗做栏目名称，恰如其分地反映了敢峰的胸怀和理想，也充分体现了这些诗的意境和情愫。

敢峰为何老而弥坚，诗情勃发呢？他在《写诗忙》中吐露了心曲：

缘何晨起写诗忙？伊人不在水中央。
群玉山头曾相见，别后各奔天一方。
往事如烟无觅处，人生似梦比梦长。
唯有手中痴情笔，不弃不离一行行。

敢峰日夜思念的“伊人”是谁呢？只要熟悉敢峰的就知道，“伊人”是他几十年苦心经营的基础教育事业。他一生辛辛苦苦创办了两所学校：北京景山学校和北京力迈学校。由于各种原因，敢峰在这两所学校都是有始无终，没有办到底，敢峰的教育理想没有实现。所以他才在诗中发出“别后各奔天一方”的叹息。敢峰在“往事如烟无觅处”的情况下，只能靠手中的“痴情笔”，把热爱教育和钟情探索的激情借诗句抒发

二〇〇〇年在香港

出来，与天地和四时为友，心神浪迹其间。并在《未来教育家》创刊之际，系统地写了《咏教20首——兼赠未来教育家》，有人誉为“中国的教育诗”。就这样，他终日“不弃不离一行行”，不知不觉，日积月累竟写了数百首诗。荀老夫子在《国强》中说：“积微，月不胜日，时不胜月，岁不胜时。”信哉此言。

敢峰离开力迈学校后，为《中国教师报》“教育家”栏目的主编和名誉主编，现在又是《未来教育家》杂志的顾问。不管走到那里，敢峰都不忘记“重构基础教育”，鼓吹“素质教育”，倡言“要使学生从小扎下中华文化的根”和“人生教育导航”，激励后来者要把教学改革进行到底。敢峰在《黄叶》中写道：“叶黄未肯落，抖擞战西风。待到秋光尽，静眠飞雪中。”在《吟梦》中又说：“时光不够用，梦里抢时光。山河难再访，唯有梦中翔。春梦早已去，秋梦比春长。谁解黄叶意，幸勿笑我狂。”他在诗中倾诉了献身教育事业和励志科学探索的情怀。

敢峰本来擅长写杂文，为什么到了老年抛弃了杂文而写诗呢？因为诗可以用比兴和隐喻的方式抒情言志，可以写出杂文不便写或者不易写清楚的事与理。

二〇一一年在国家大剧院

比如他在《梅自叙》中写道：

风花雪月本一家，怎敢诗人把我夸。
只缘三季无人问，故在寒冬伴雪花。
请看雪中疏影动，风月如约都来啦。
何须我报春消息，无限生机孕雪下。

我的解读是：在这首诗里，敢峰以梅花自比，写他为基础教育改革呼号叫喊，“三季无人问”，万般无奈，只能在寂寞的“寒冬伴雪花”。但客观规律是不可抗拒的，随着经济的发展，社会的进步，基础教育终究会发生变化的。“请看雪中”的疏影在摇动，无须“我”来报告“春”的消息，在厚厚的雪花下边，正孕育着“无限生机”的教改“幼芽”。当然，诗中也可能兼有其他更多的寓意，这也是其中之一吧。诗，往往是极令人寻味的，大概这就是所谓的“诗趣”，也是诗的魅力。

敢峰到了老年，他的诗在思想上和艺术上更臻于成熟和完美，意蕴深邃，耐人寻味。他在《人生》一诗中说：

晚 晴

人生一杯酒，权作醉中游。
人生一场梦，醒来一场空。
人生一出戏，骗人又骗己。
人生一首诗，此情无尽时。
白云飞不尽，长江不尽流。
人生如短笛，曲终情未收。
更有后来者，相继结为俦。
共为人生奏一曲，长在天地逞风流。

每个人活在世上，由于处境和追求不同，就有各自的人生。社会上芸芸众生的不同人生，构或了人间万象，形成了万紫千红的真善美和稀奇古怪的假恶丑。敢峰目睹了形形色色的不同人生，所以才能悟透人生。不管人生如酒或似梦，还是像戏或类诗，都是说不尽道不完的。就拿“人生一出戏，骗人又骗己”来说，在戏剧人生中，从古到今有多少人没骗过人和没有被人骗过？又有多少人不是在骗自己？人生最宝贵的是对国家、对人民、对亲友和对事业追求的真情。无真情，非真人，追求真善美何从谈起，遑论臻于其境。

晚 情

敢峰用“人生一首诗”来表达对人生真情意境的追求，实在是值得细细品味啊！

世人用“坐井观天”“井中视星”比喻眼界狭窄，目光短浅，見识不广，孤陋寡闻。但敢峰的《井底吟》，却把“坐井观天”“井中视星”赋予了新意，读后令人耳目一新，不禁拍案叫绝。

身在井底也观天，井底观天也是天。
不观日出与日落，但观晴雨风云变。
莫讥井蛙目光短，远胜云端看人间。
井口装上望远镜，当邀众星来赴宴。

井口大的“天”也是“天”，敢峰不以“天”小而不能施展抱负、无所作为而弃之不理。清代陈澧在《东塾读书记·诸子书》中说：“井中视星，所视不过数星，自丘上以视，则见其始出，又见其入”。敢峰却说：身在井底“不观日出与日落，但观晴雨风云变”。这比观看日出与日落更有魅力，把握“晴雨风云”的趋势，洞察社会变革的规律，则需要更清醒的头脑和更深的学问。所谓井底“所视不过数星”，那是用“凡

在英伦格林威治天文台

夫俗子"的肉眼观看，假如安装上"射电望远镜"，用科学的世界观和丰富的想象力武装了头脑，就可以探索"宇宙的奥秘"，"远胜云端看人间"。敢峰的思想境界何其高也！在此我忽然想起，敢峰还曾讲过三个"蛙"，井底之蛙、井口之蛙和山顶之蛙。把三个"蛙"统一起来，才是全息的"蛙"。

人们自古常用"老骥伏枥，志在千里"来称赞老人。如果用这八个字来形容敢峰目前的精神状态，却又觉得不够味，因为他远不是"志在千里"而是"志与天公试比高"。敢峰最近写了两首《酒后即兴》，其中第二首是：

人生不是酒一瓢，志与天公试比高。
飞船已掠火星过，怎能杯中自逍遥。

无缘航天命早定，思驰天外亦天骄。
天马嘶鸣君闻否，宇宙深处走一遭。

敢峰的志向非常远大。他自知“无缘航天”，但他的思维是不受任何条件限制的。他可以跨上神思的骏马，“宇宙深处走一遭”，照样可以成为“天之骄子”。前几年敢峰曾写过一篇科学探索论文《0点理论——一次穿越宇宙“黑箱”的理性遨游》，提出了宇宙生成和变化的三大规律；势能是时空中最原始最古老的能源，是宇宙生成、演化的第一推动力，是所谓的“上帝之手”；宇宙中的各种“有”，都是有序地遵照一定的规律从“无”演变而来等等。并在文后写了一个诗跋：

宇宙茫茫，时空无极；
思之所至，天马不往。
草成此文，
上致科学殿堂，下与诸君共飨。
世外奇谈乎？
何奇之有！

人生易老，但敢峰的诗同诗中的奇思和上进精神难老。我衷心祝愿敢峰健康长寿，青春长驻。

舒　风
2013 年元月 2 日夜
于三亚市·清平乐小区

附录：

敢峰写给黄彦的信

为了更好的理解敢峰诗中的“气韵”与“意韵”，把他写给《中华辞赋》总编辑黄彦先生的信附在下面，谨供读者吟读《敢峰诗集》时参考。

黄彦总编辑：

非常感谢您在百忙中给我写热情洋溢的长信。过去我为文写诗大抵都是“有感即发，意尽则止”，往往不识为何体，也不愿为文体韵律所拘，以致养成了现在这些毛病。这次在盛情下，可真难为了我，不得不认真下点功夫修改。（编者注：指《国庆观礼记》）但改来改去，总还是本性难移，再加上过去不曾写赋，读的赋也不多，且多是唐中期以后的散文赋，力不能逮，故只好就这样将改稿送上。类虎类猫，或者四像四不像，我已浑然不识，请您酌处了。如觉不可，坚决弃之字篓可也，万万不要为难。至于后附的《闻钱学森院士逝世》一诗，是闻噩耗的当晚写的，曾以短信发给过去老同事刘堂江同志，他告诉我已在《中国教师报》上刊用了。

每次寄来的《中华辞赋》，我都读了，办得很有成绩，很有特色，真是为时代兴赋做了一件大有意义的事。我愧为顾问（说实活，也确不够格），帮不上什么忙，不过有一个想法，不知道对不对。我觉得，就当前而言，还是骈赋与散文赋并举为好。因为：第一，从赋的历史发展源流看，其大势是：出诗入文而以诗为魂，由骈及散而以骈为骨，乃诗与文合流随时代而发展起来的文体。骈、散各有其长短，散文赋实际是骈散结合，兼取两者之长而避其短。倘能诗魂骈骨，为文如行云流水，音韵或显或隐起伏其中，即当为赋之佳作。第二，现代词语，在很多情况下难以为骈，或勉强成骈，但凿痕累累，不仅不美，而且使气韵运行受阻。故宜具体对待，宜骈者骈之，宜散或难以为骈者散之，但须骈散有致，融为一体，不可不伦不类。散文赋较有利于解决这类问题。第三，兴赋是当前的时代要求，应与时俱进，故在继承和恢宏古赋的同时，应探索赋的创新问题。毕竟散文赋距今较近，不能不顾。骈为中华文词之极精粹而又华丽者也，举世无双，历久弥珍，然骈之美，在疏枝绿叶衬托下当更增其魅力。即四像四不像亦有美，乃画家所言“似与不似间”之美也。可否在《中华辞赋》上对赋之创新进行某些探索，亦请考虑。

对赋，我确系外行，但外行也有一个好处，不怕讲错，即所谓“不知者不罪也”。

以上仅供参考。顺颂编安！

敢　峰

2009 年 11 月 15 日

与诗偕行 敢峰墨迹

中国華僑出版社

葉黄未肯落抖擻戰

西風何料秋先冬

静眠雪林中

黄葉

敢峰

辛卯秋

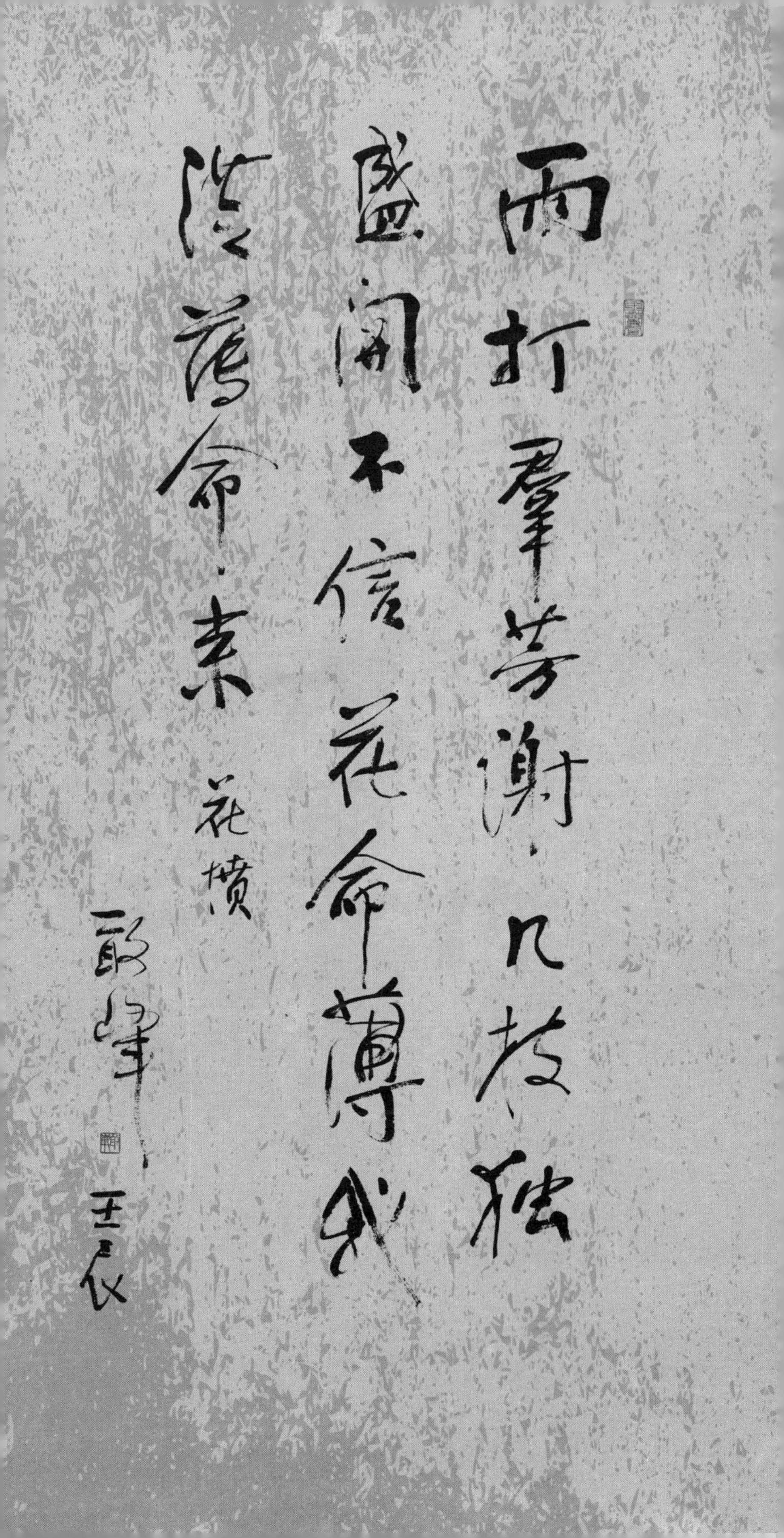

雨打群芳谢几枝独
盛开不信花命薄我
淡落命素
花横
壬辰

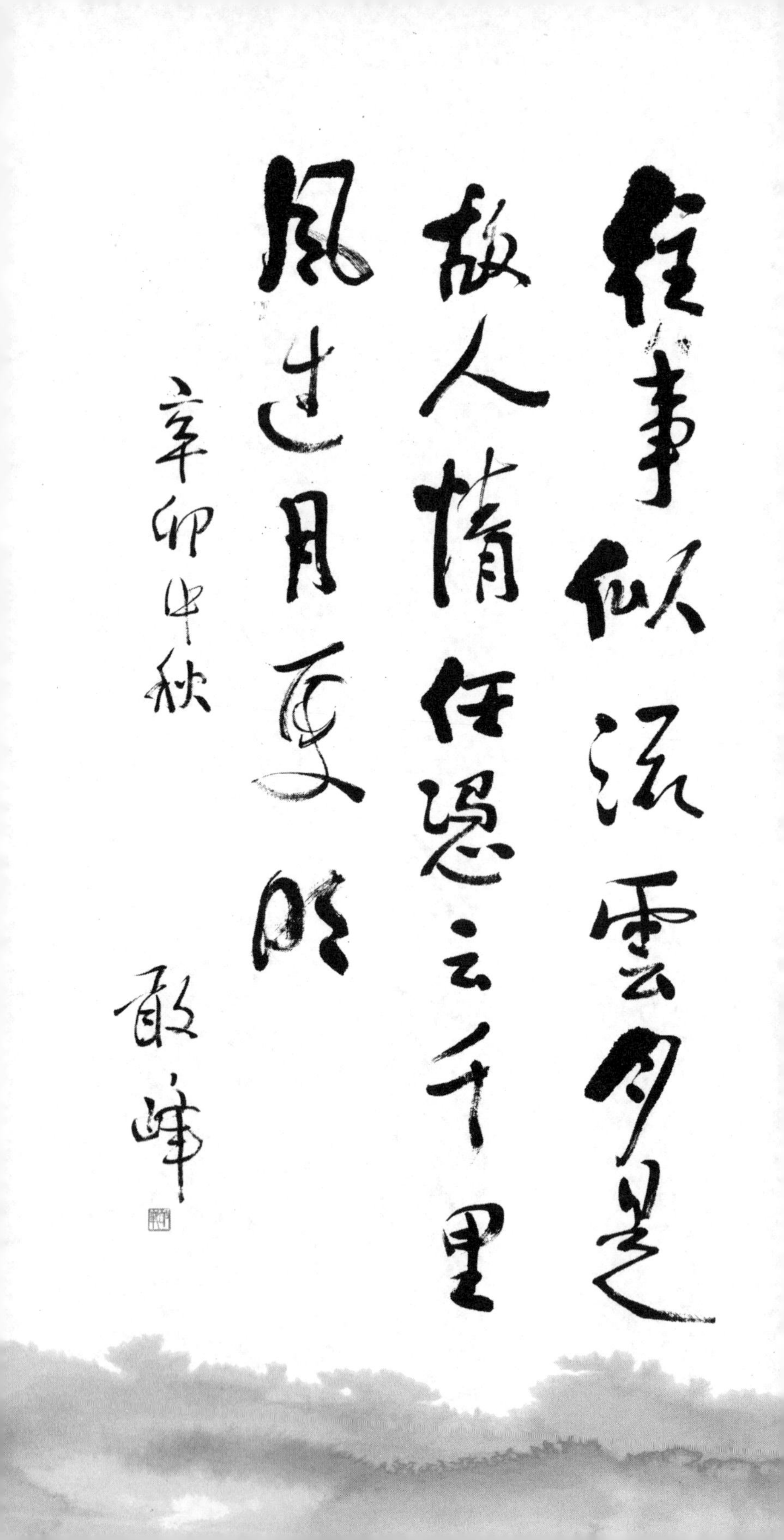
往事似流云月是
故人情任遥云千里
风过月更明
辛卯中秋
敢峰

香港入夜便傳神
維灣之水最有情
誰把繁星都摘盡
遍撒兩岸伴遊人

夜游維多利亞海灣

敢峰

辛卯秋

先生原非為詩狂前赴後繼出
書帳種種只占坎坷中行吟
三五自治史畢竟千秋筆論世
何是大文章切莫輕言夕陽晚長
空羨望櫻霞光

復交人

敬峰

壬辰

昨日傲枝头今早任人踏隔夜
两重天怎不令人伤脚下莫无情
花落只是花此乃花魂归天去
最后一次洒风华

樱花落

启峰

壬辰

信守底线追求极致峰峰我心灼灼我志俯仰天地莫愧于兹晴也由之雨也由之岸是底线峰是极致岸不可摧峰无尽时笑傲风浪愧言仰止峰岸相望伟哉我师

峰岸曲

敢峰

谁惜路边野草花
伴君一路到天涯
时人但顾求富贵
家乡春色自由它

野草花

壬辰春

敢峰

天涯雖已成咫尺
飄知咫尺亦天涯
平日深居京城里
難得共賞の月花

喜聚大觉寺之三

敢峰

壬辰年夏

頻頻舉首望行雲
萬里長空寄夢魂
飛到秋高天氣爽
再邀嫦娥共月眠

喜題大覺寺之八

敢峰

壬辰年夏

木蘭山上月疑是巾幗魂千秋清輝代長留報國情

題木蘭山

致峰

早年读书不识真，及长
始觉终难成，未经沧海
又知水，到了巫山不识云

书愤

壬辰年春
敢峰

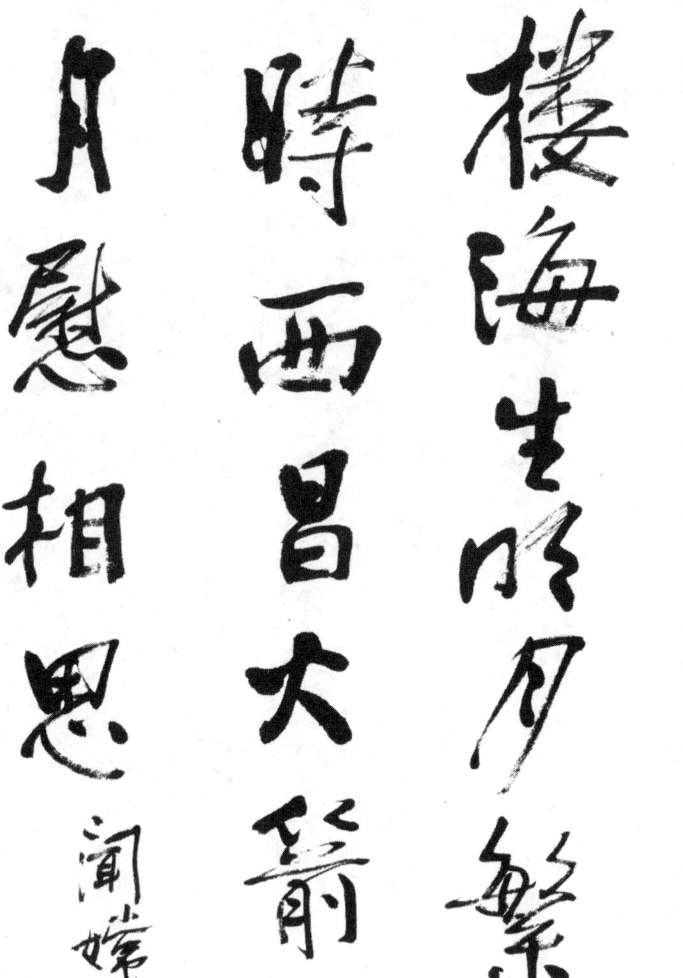
楼海生明月
繁星洒秋时
西昌火箭起
奔月慰相思
闻嫦娥号飞船升空
敢峰

峡底观日出长空摘
星辰莫谓天地阔诗
以之未了情

未了情

敦峰

好诗当使才情出，世论不知意得好。芙蓉出水自天色，粉饰越重丑越多。

树下论诗之一

敢峰

詩中才情兩難分，本是一花寫情是還只求花容嚴素色何不做個鄉村人

樹下論詩之二

敢峰

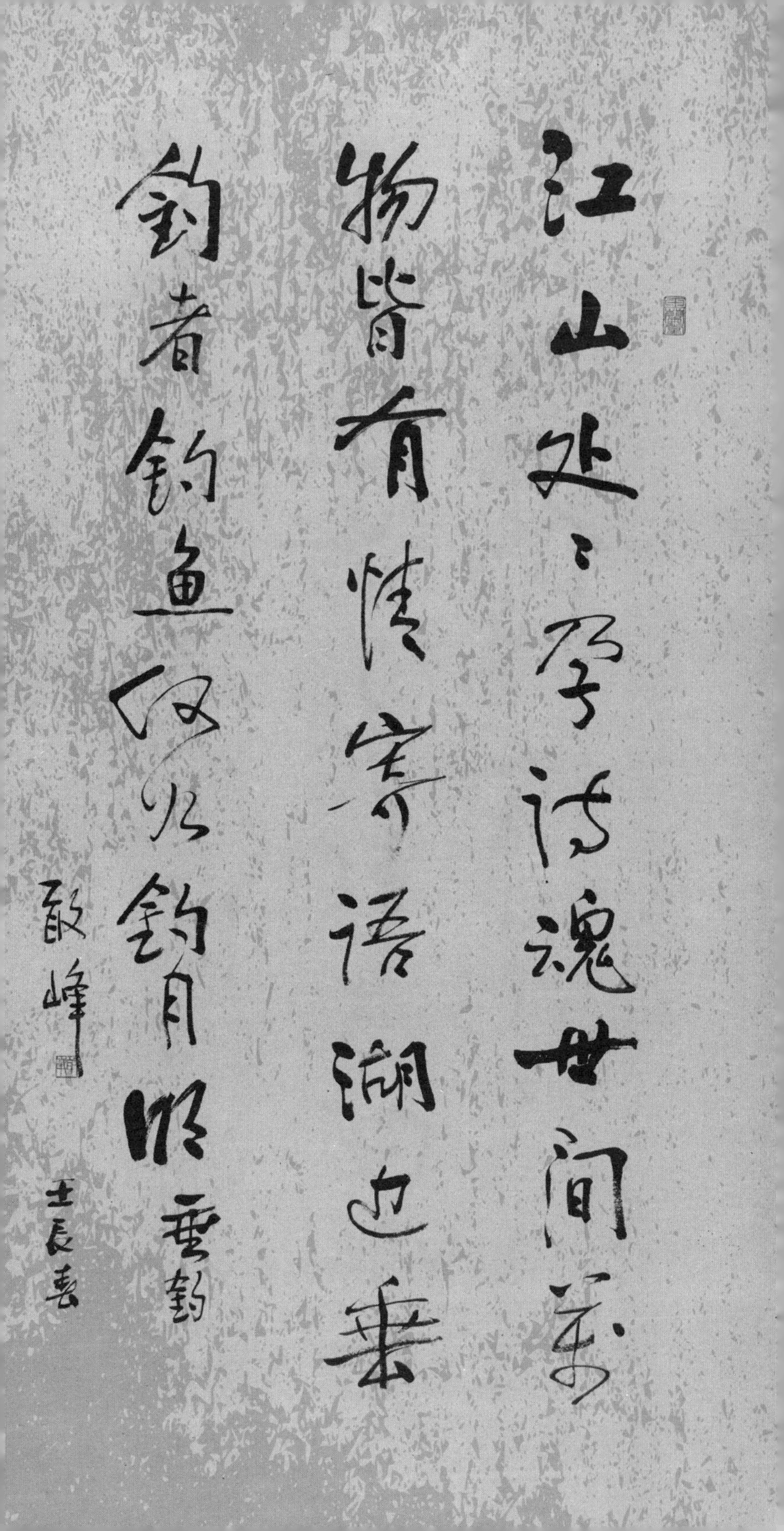

長江望不見游子將安
歸且跨征驂去任它
黃葉飛

和沈周將往

敢峰

壬辰年書

桃花早谢荷花正美还有秋菊
和冬梅士女有作为喜君乘风起
天高任雁飞剑与书来发育
家为後人间尽芳菲致友人

敢峰

壬辰

君与巫山两不识巫山只雨
君行云诗名不副终须副
云到闲时便是晴

赠友人

敢峰

聚首駢河意氣高弦歌
朝暮倍辛勞似年殺
致功成日北斗摘來作
酒瓢

景山学校创办三周年即兴

敢峰

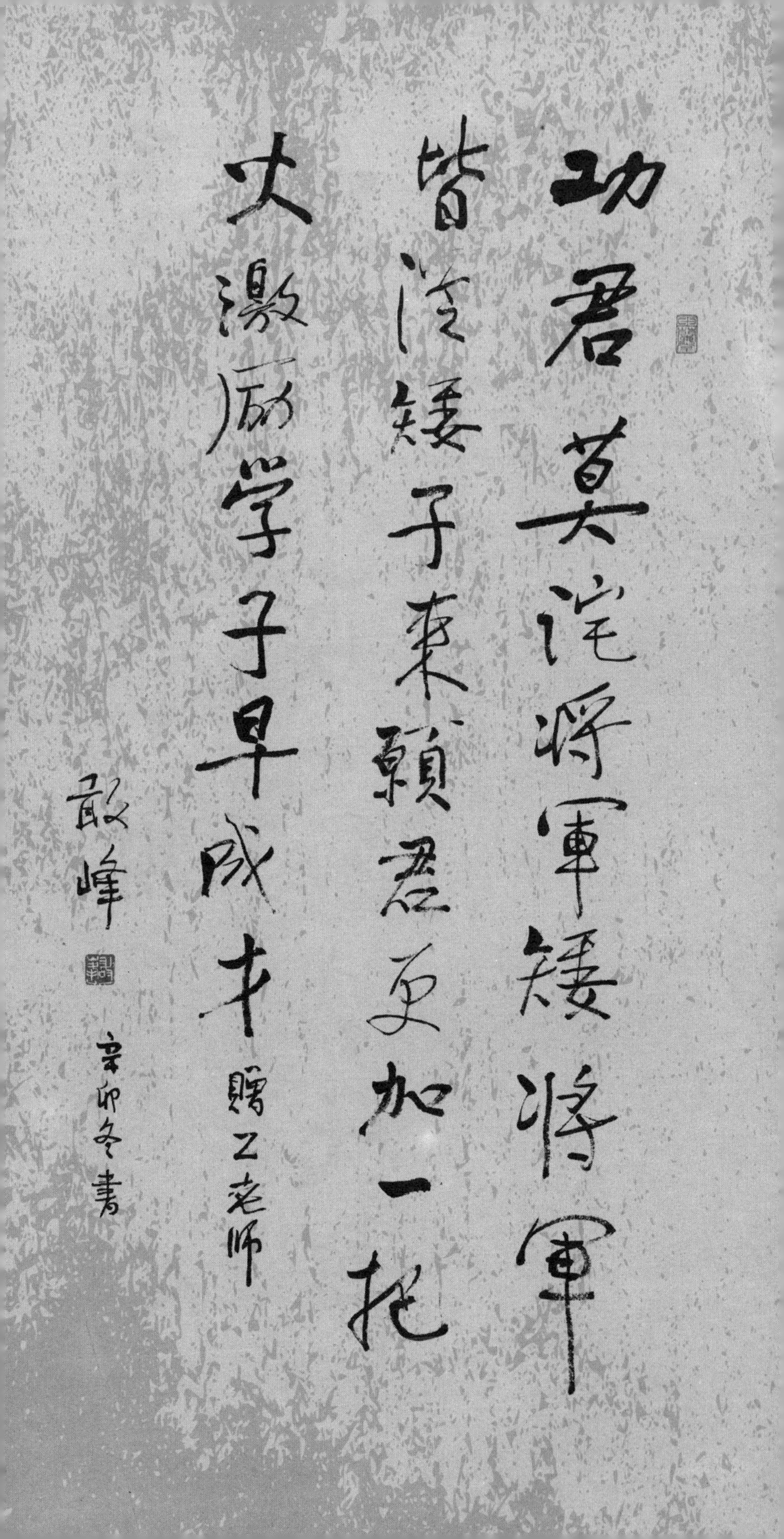
功君莫诧将军矮将军
皆说矮子来头君更加一把
火激励学子早成才
赠工老师
辛卯冬书
敢峰

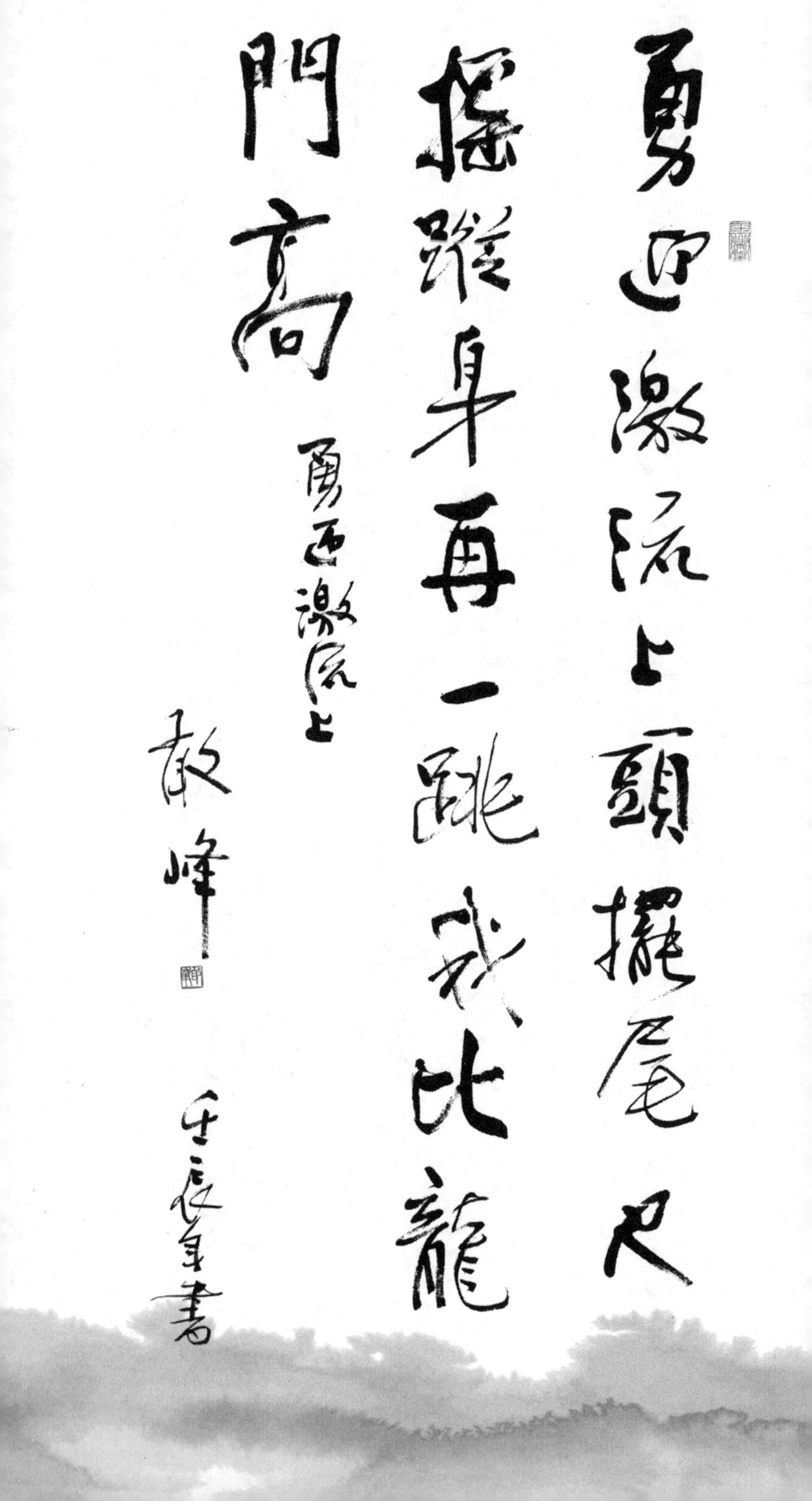
勇迎激流上頭擺尾尺擺躍身再一跳我比龍門高
勇迎激流上
敬峰
壬辰年書

船行山巅太危险江托霞升
路迷茫身搜霓裳休得
意天堂并不在之上

戏评桂百里漓江

敢峰

天地一青群降临在神州不随风起舞五洲任遨游

赠方青群

敢峰

壬辰夏

恒山尊北岳丽日照大
地雲駕風飄来山
拔寺飛起

悬空寺

敏峰

辛卯春

驱车直上灵鹫峰俯瞰塔
院与显通五台一百零五寺
尽在紫烟有无中

五台山

敬峰

辛卯年

天宫高耸释迦塔游
人到此竟勇於诗更有补
天云际台堆积宇宙之
精华

应县木塔

敢峰

辛卯冬书

身入绵山顿超然半似凡人半
似仙仙の望险峰皆峻立云绕
仙楼天外飞水涛沟满瀑千叠
群贤岱谷里觅胜贤故将绵山比
黄山恰似晋南比皖南 绵山

敢峰 辛卯冬书

前來青島圖清涼，誰知熱浪又难當。
滙泉灣邊樹蔭下，聊与海風話家常。

初到青島

毅峰

丁卯年中秋书

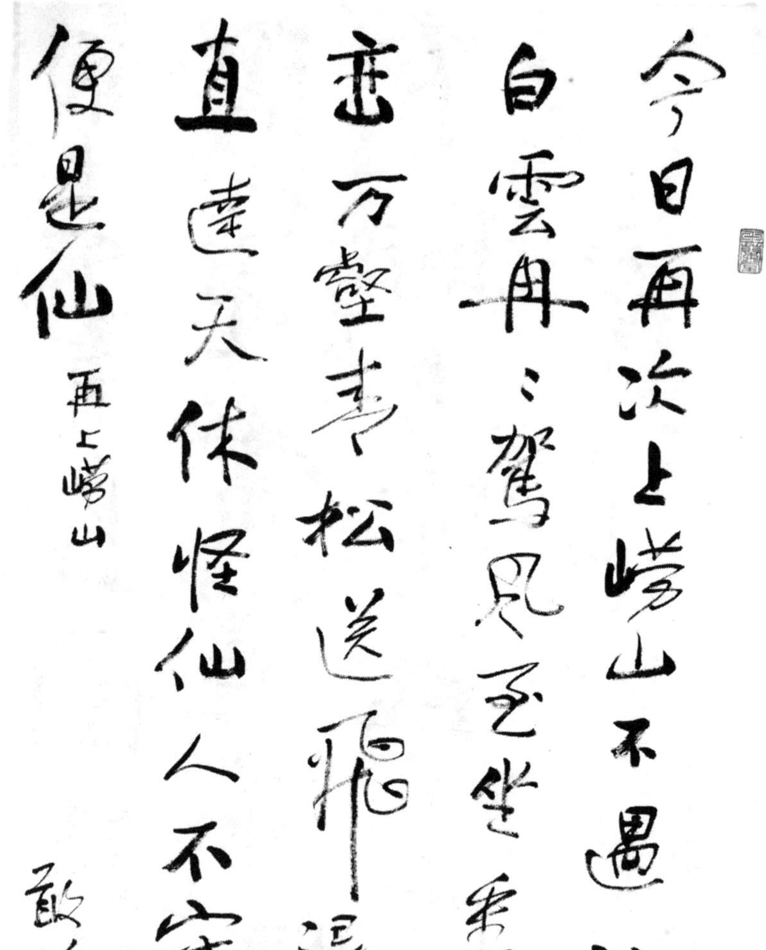
今日再次上崂山不遇仙人誓不还
白云冉冉驾风至坐看丽日抗群
峦万壑青松送飞瀑一线索道
直达天休怪仙人不守信心在仙境
便是仙
再上崂山
辛卯冬日书
敬峰

浪是海生命，風是生命源。今日
悟此理，思緒直上天。乘風當
破浪，駕浪最超然。為照夜
航者，灯塔獨擎天。

日照灯塔廣場

敢峰

辛卯冬書

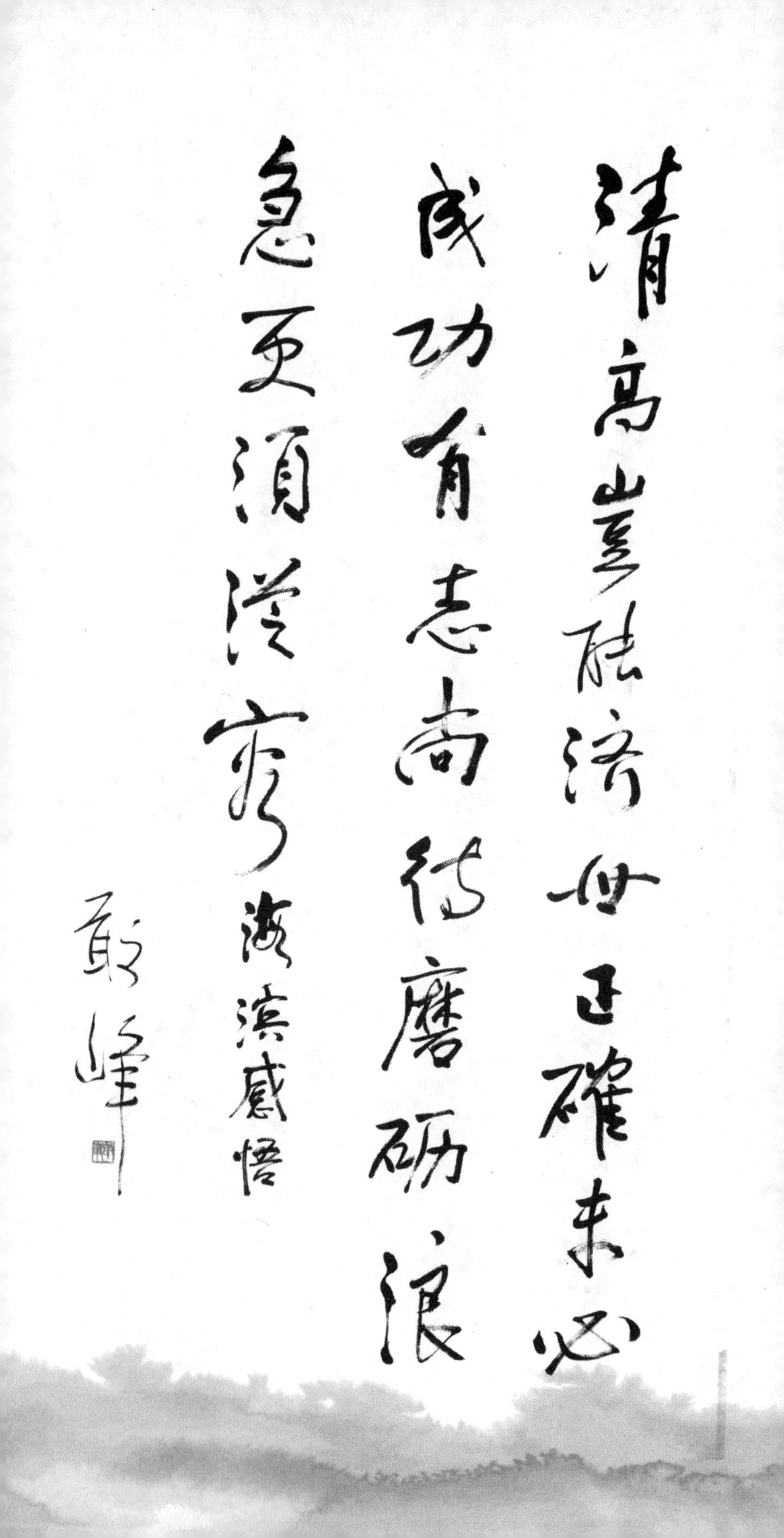
清高岂能济世正确未必
成功有志尚待磨砺浪
急更须从容
海滨感悟
敬峰

五月过三峡
八月出大海
在江喜家山
在海眺天外
将海东比江
江美海气派

海上吟

敢峰

辛卯冬书

天星湖里觅天仙
天星桥上去一遭
欲知天仙在何处
只须寄情山水间

贵州天星湖

敏峰

君自天上来意欲归何处不恋
山间云悬崖辟作路一身浩
然气化为白练舞青山永
无眠伴君东流去

黄果树瀑布

敢峰

巍峨朝天门臨江氣象新
嘉陵來相會曙色滿山城
廣场歌舞動旁若無他人
今夜順东去三峡探古今

重慶朝天门

龍峰

辛卯冬書

江上無千帆过往皆铁船唐
人早已去青山猶依然浪
平雲冲淡天際隱迷峦
臨風船頭立昨日过巫山

船头吟
敢峰

夔门斧劈险
守護白帝
城托孤感千古天空
飄白雲

白帝城

彭峰

辛卯秋

满腔忧国结离骚传
古今诗人今安在谁作
屈子吟

屈原祠

辛卯年冬之书

敢峰

小小三峡小小船小小瀑布挂山间小小更比大大好小小百姓就是天

小三峡

敢峰

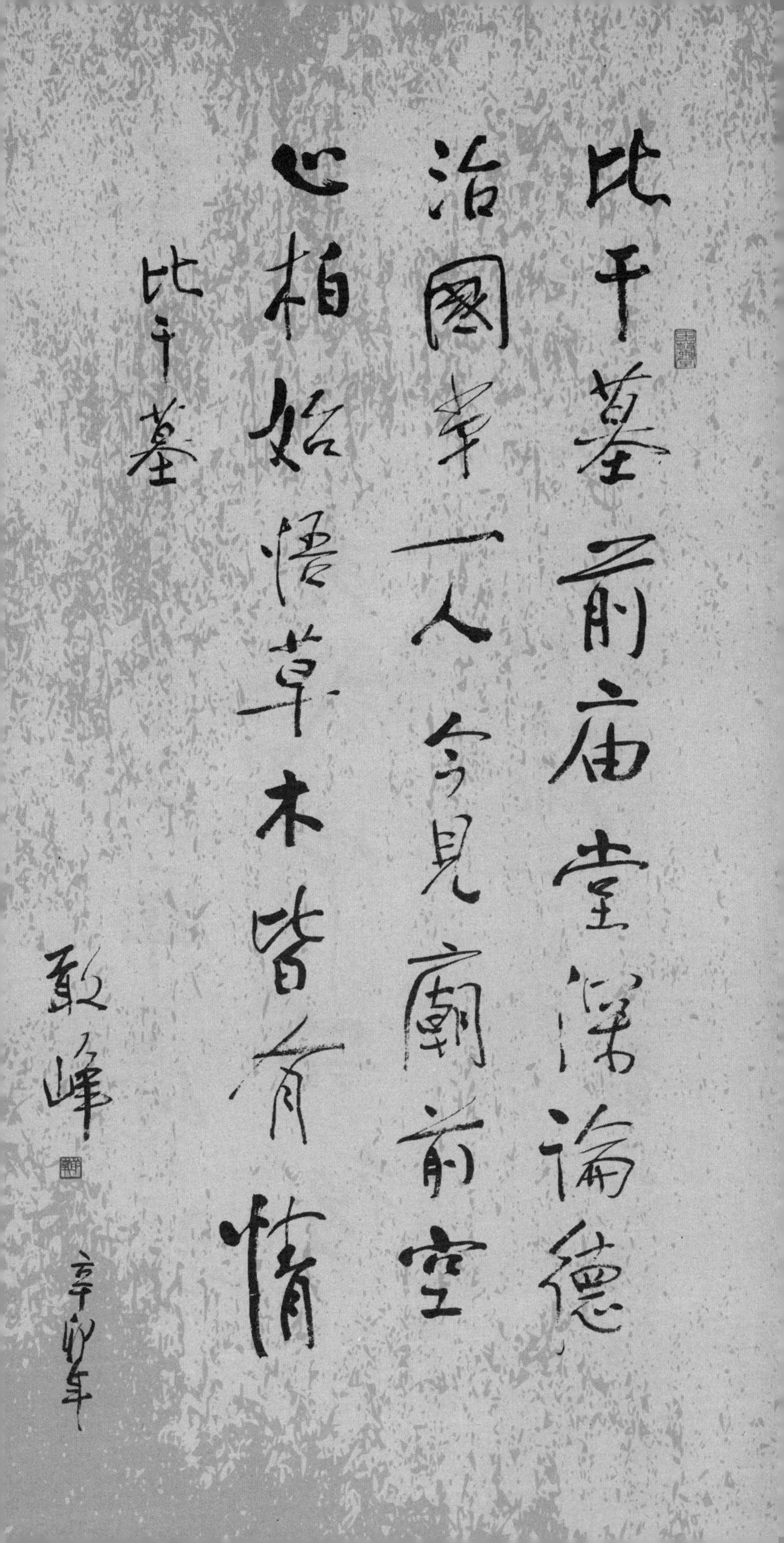
比干墓前庙堂深论德
治国第一人今见庙前空
心柏始悟草木皆有情
比干墓
敢峰
辛卯年

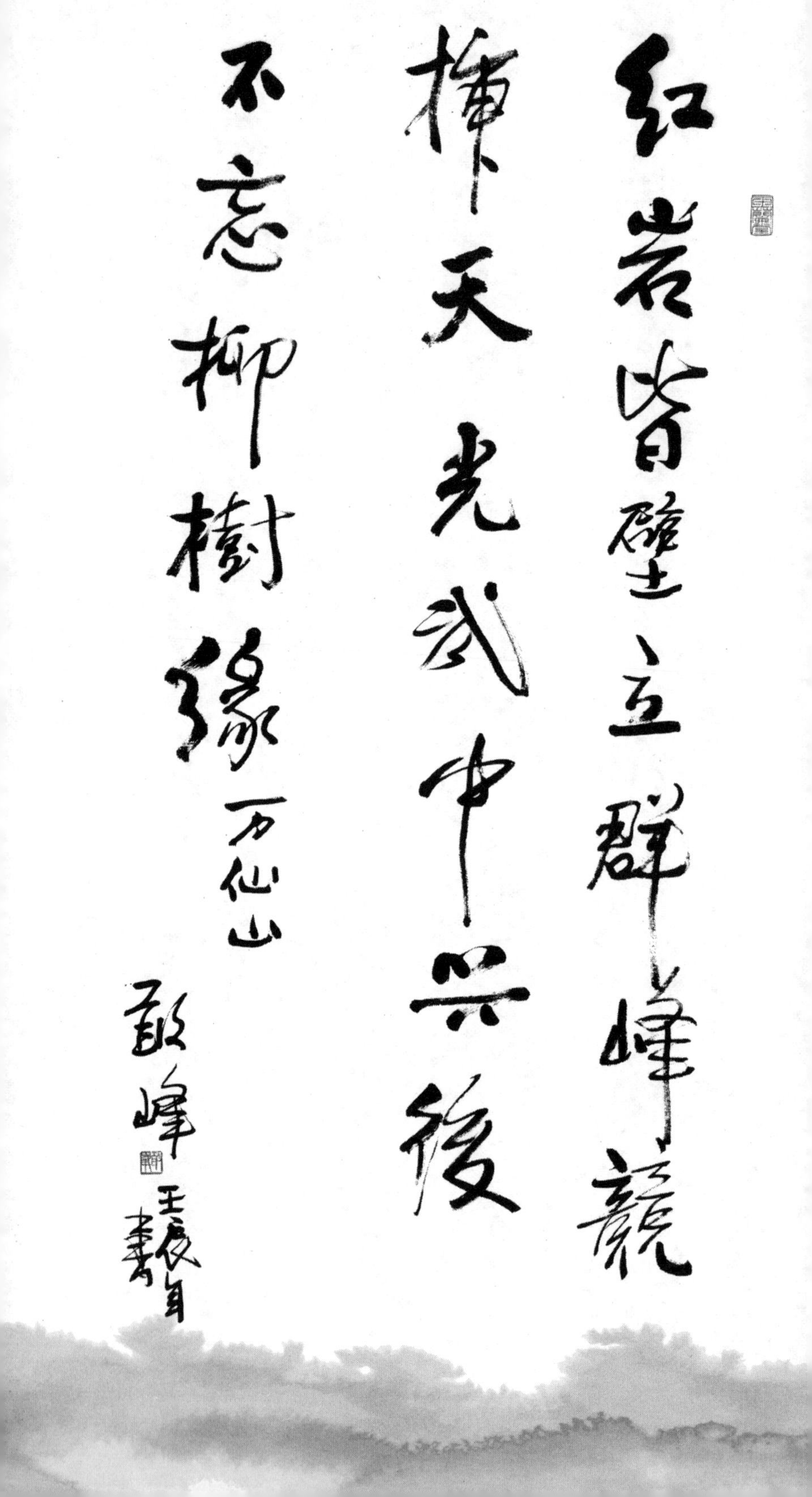

红岩峭壁立群峰巍
撑天光武中只後
不忘柳樹緣
一方仙山
敢峰

昔人已乘黄鹤去今日我驾黄鹤
歸黄鶴樓年人熙攘の外景物
卻全非高樓如雲浮天際車越
天空似鳥飛惟有長江流不盡
極目不見故人來

黄鶴樓

毅峰

辛卯初夏

霓虹灯下無喧兵
步行街上少人行
身處闹市更覺靜
儼然世外一閑人

上海南京路小憩

辛卯年

敬峰

琼楼玉宇不夜天
疑是蓬莱落人间
轻风细雨拂面过
身在此如便是仙

上海外滩之夜

敢峰

寒山鐘聲名千古有
賴張繼詩为傳敢問當
今旅游者誰泊楓橋夜
半归

寒山寺

辛卯仲春　敬峰

为有奇峰刺破天方
家仙境落人间比水比山
更似此间与君共醉武陵
源

游於家界

辛卯冬

致峰

一片清心浮太虚楼壇亭
影共蹁跹身化西湖最
美处何必出山觅西湖

宿杭州刘莊

勤峰

豈因小鳥有天堂乃是古
人無事惱白鷺不歸夜鷺
睡一棵榕樹水雲天

題小鳥天堂

敢峰

幾次上廬山風顛不曾還只知花徑美牯嶺乃人間含鄱口含夢仙人洞懶看雲霧不做戲來了也枉然

忆廬山

鄧峰

乘山纜車上峨嵋山沿路風
光未曾覽傍山白云飛
不盡天下廟宇都一般

再游峨嵋山

辛卯年仲春 敢峰

昆明湖水萬壽山
無限風光一廊牽
畢竟此處非仙境
皇家奢逸留人间

頤和園

辛卯年

啟峰

最爱谐趣园中园江南风
光隐山间荷塘游鱼君
莫数片片红云可映天

谐趣园

敢峰

疑似林间鸟飞落
又似漫山蝴蝶飞
枫叶空中献技
试问一年有几回

谐趣园宫门外枫树下

辛卯年冬日书

歆峰

深秋访香山黄栌叶正红敢媲云霞美不与群芳同松柏竞吐翠双清情更浓游人渐离去独立夕阳生

香山

辛卯年

郑峰

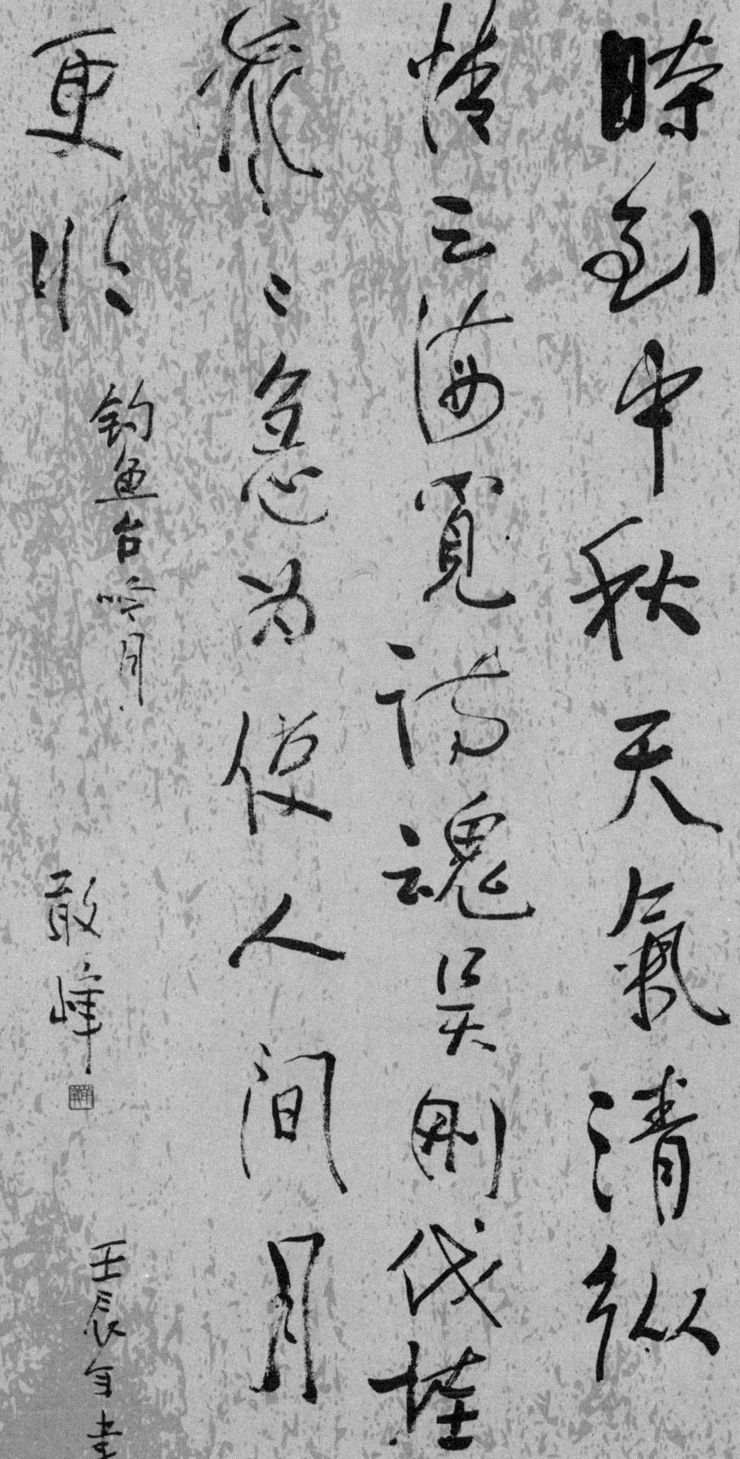
時到中秋天氣清
縱情雲海覓詩魂
吳剛伐桂很忙急
為使人間風
更順
釣魚台賞月
敬峰
壬辰年書

下車便遇黃叶雨
進山始信紅葉多
更喜寺前一徑綠
夜深待月舞婆娑

深秋紅螺寺 韵峰

一条大堤分两边
未是仙境半人间
糊涂最是朦胧处
万象皆作醉眼看

怀柔北宅堤上

啟峰

樓下紫薇花正開緣何喜
鵲不飛來豈因寒舍门庭
小此樹能為高士栽

紫薇詩之一

啟峰

楼下紫薇花盛开，缘何喜鹊仍不来。任它酷夏热难忍，不羡海上有蓬莱。

紫薇辞之二

耿峰

樓下紫薇花早衰緣何雪
没喜鵲來休嗔落園皆冷
眼不到開時花不開

紫薇辭之二

鹃峰

昨日喜鵲今又來呆立枝
頭寶可哀君若願為報
春鳥紫薇年年為君春鬧

紫薇辭之四

敬峰

步步高楼仰望天寂寞

嫦娥正自怜缘何同是

十五夜元宵中秋不一般

壬辰元宵答友人

敢峰

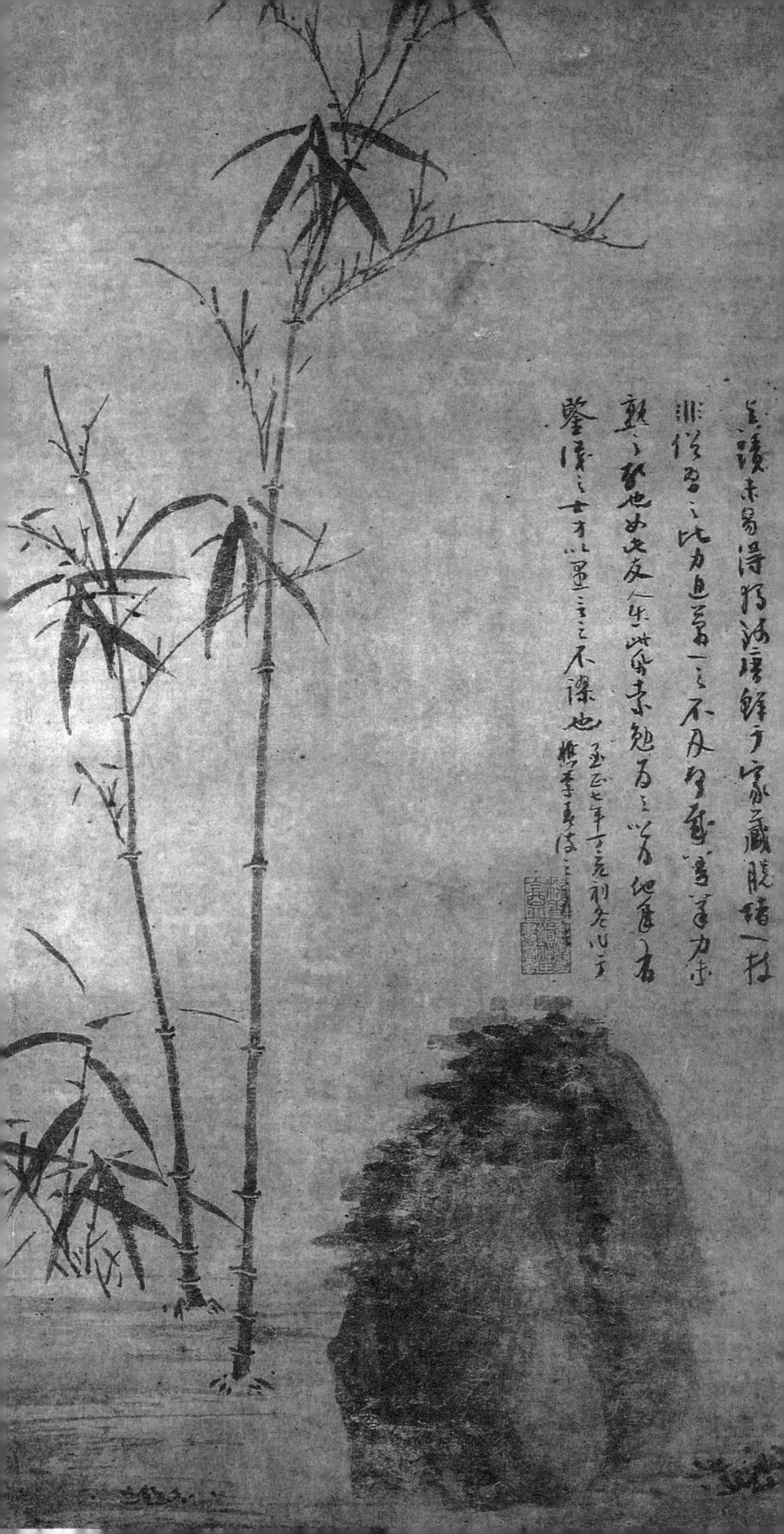

不到春天花不开花到开
时雪又飞管它是花还
是雪我的名字叫雪梅

雪梅辞之一

敢峰

辛卯年

不到春天花不開花到開
時雪又飛待到梨花開
千樹再問春姑歸不歸

雪梅辞之二

辛卯年

啟峰

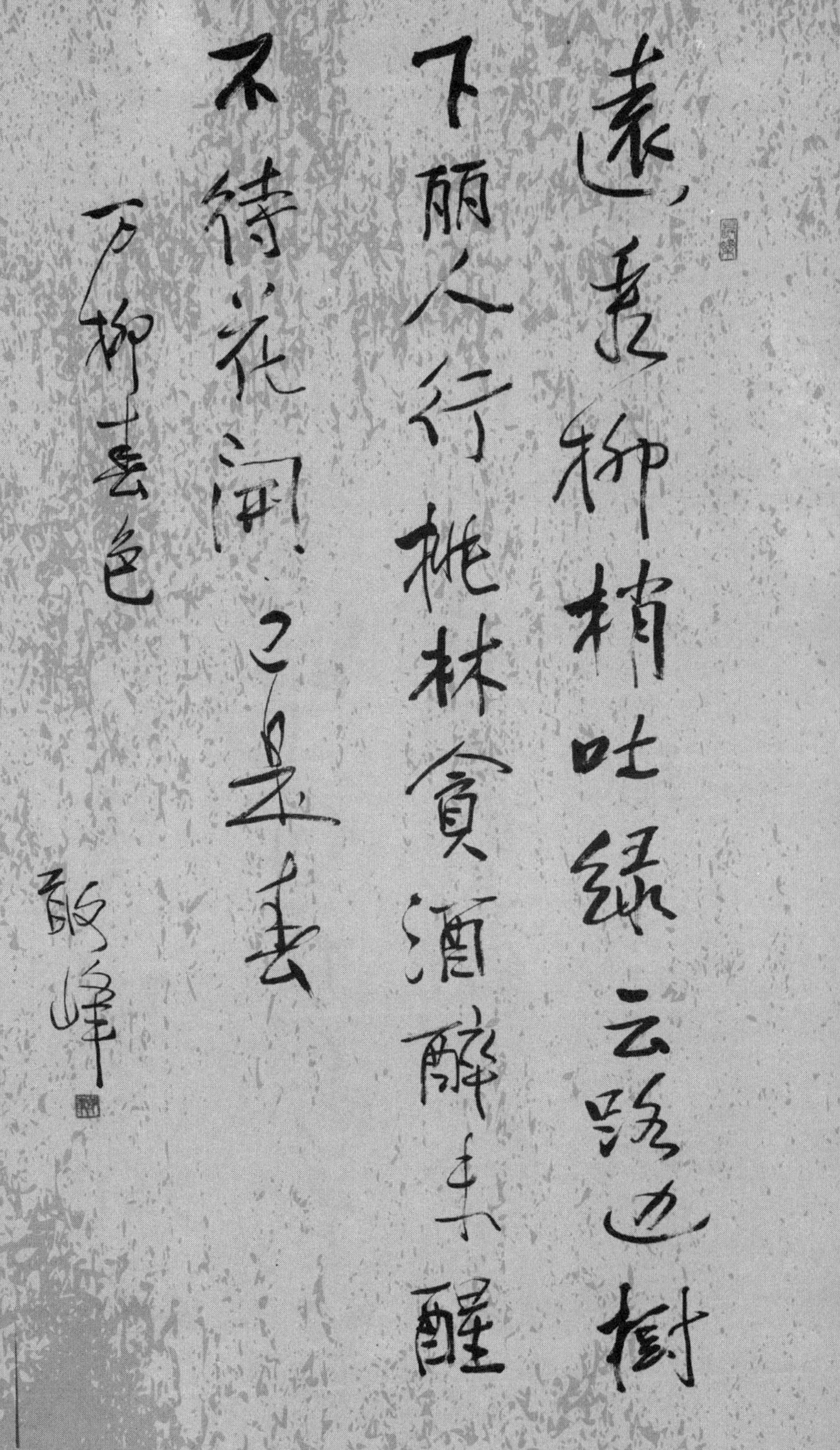

遠看柳梢吐绿云路边樹
下丽人行桃林貪酒醉未醒
不待花開已是春
万柳春色
敢峰

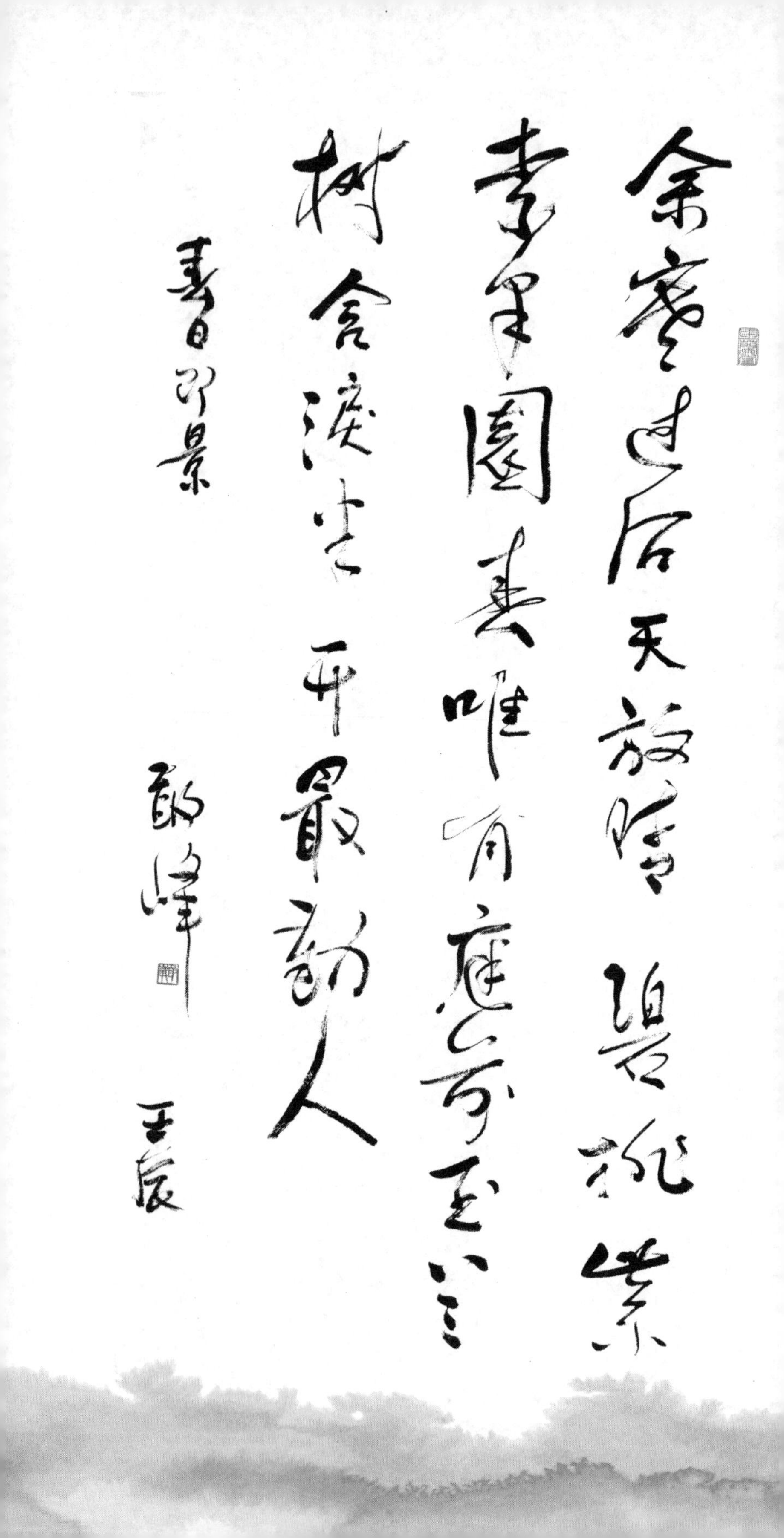
壬辰

玉簪朵朵向天开
笑责朝阳来早来
昨夜巡天醉何处
群星散尽仍不归

晨趣

敢峰

辛卯年

名曰碧桃不是桃花却颇
豔比桃妖遠观满树红艳
艳近看新新一團嬌

碧桃

敢峰

壬辰春

楼前翠竹伴楼神难掩
斗寒破意情萧木迎春
君且睡静听雨后春笋生

春竹

敢峰

壬辰春

群芳枝頭鬧催我踏歌行花香鳥語只是事个春

詠春

壬辰 啟峰

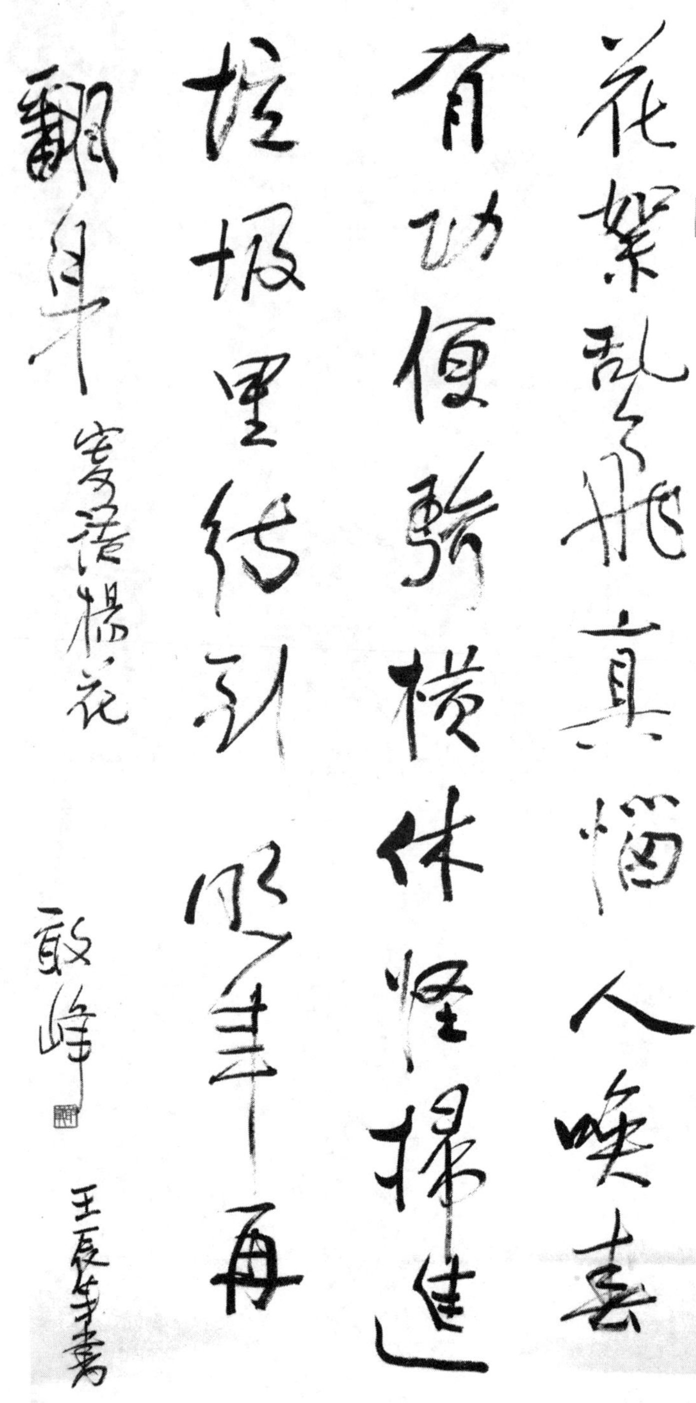
敏峰
壬辰年书

清明过后花芳菲诗人访春
辄忘归落日山边挥手去
池鸭扬头问我谁
书一景

敢峰

壬辰清明后

芙蓉玉兰与海棠三个
姐妹一个样唯独小三最
惹人独立枝头掀春风

海棠

敢峰

壬辰春

绿乃春本色
红紫争先行
春风情春意
春雨厚春魂
山河一片绿
大地始同春
花随流水去
留给诗人吟

敢峰撰书 壬辰年

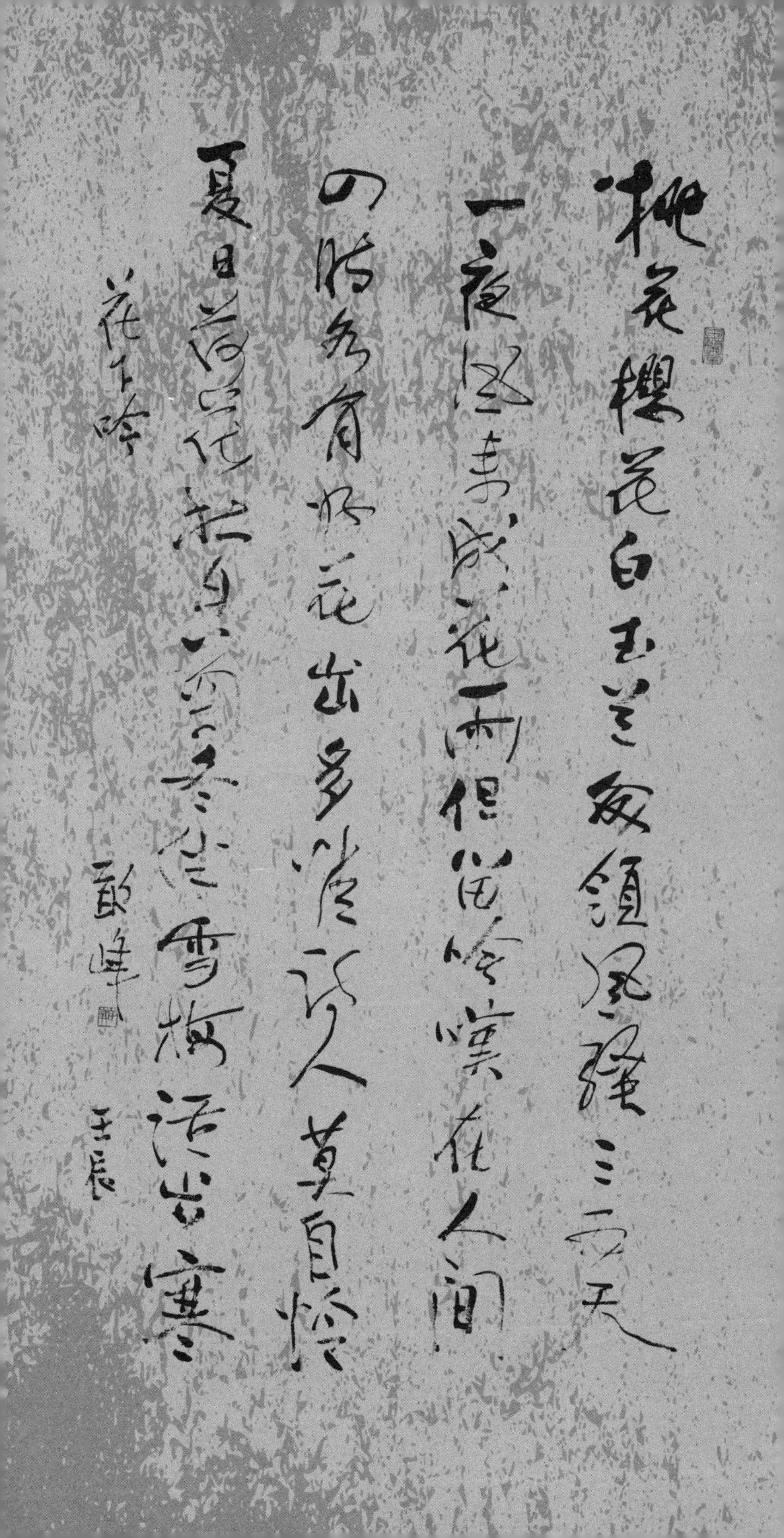
桃花樱花白玉兰
夜领风骚三两天
一夜风来成花雨
但留余实在人间
四时各有好花出
多少诗人莫自怜
花下吟
敢峰
壬辰

片片紫云吐幽香
不与群芳争短长
但愿一年三季
冬天留给梅兰芳

丁香再吟

敢峰

壬辰年

路边泡桐今又开，昔日兰考入梦来。万民齐送焦裕禄，冬天动容地也哀。敢问当年为政者，谁使进公携手归。

敏华

驕陽倦落西山去
月挂柳梢風送涼
天人共醉無窮碧
夏夜最美是荷塘

荷塘

啟峰

壬辰年夏

夜风云影月光远山
近村湖塘休闲船们
何处一起都入梦乡

夏梦

敢峰

壬辰夏

六昊天光与云影小小美
莲叶与荷花年年夏夜聚
此何此花照天却天佳

夏夜感怀

郭峰

壬辰秋书

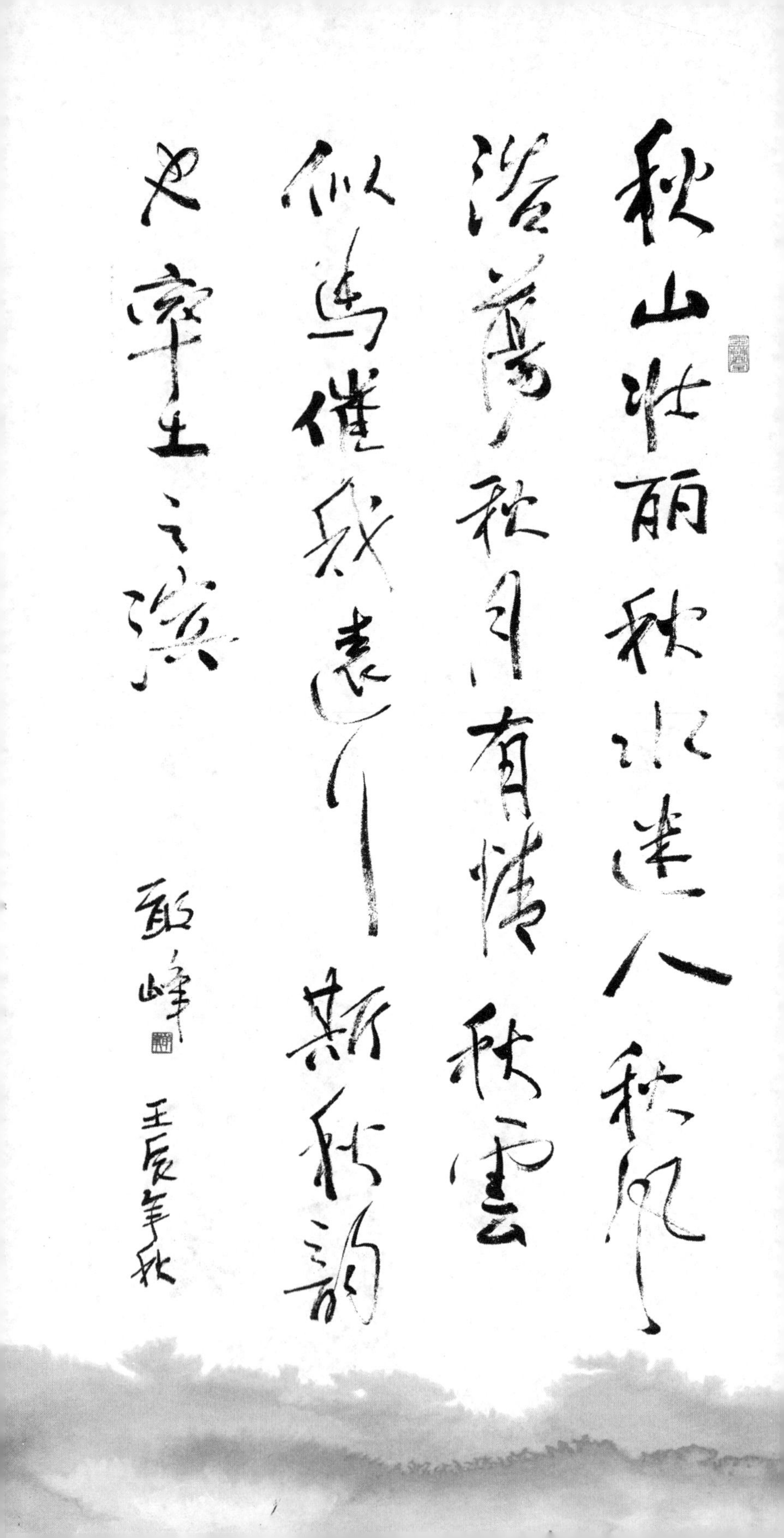
秋山壮丽秋水迷人秋风
潇洒秋月有情秋云
似鸟催我远行斯秋韵
壬辰年秋

夕陽照我樓秋光
四外浮長空雲千里
誰在駕方舟
秋吟
辛卯年
敬峰

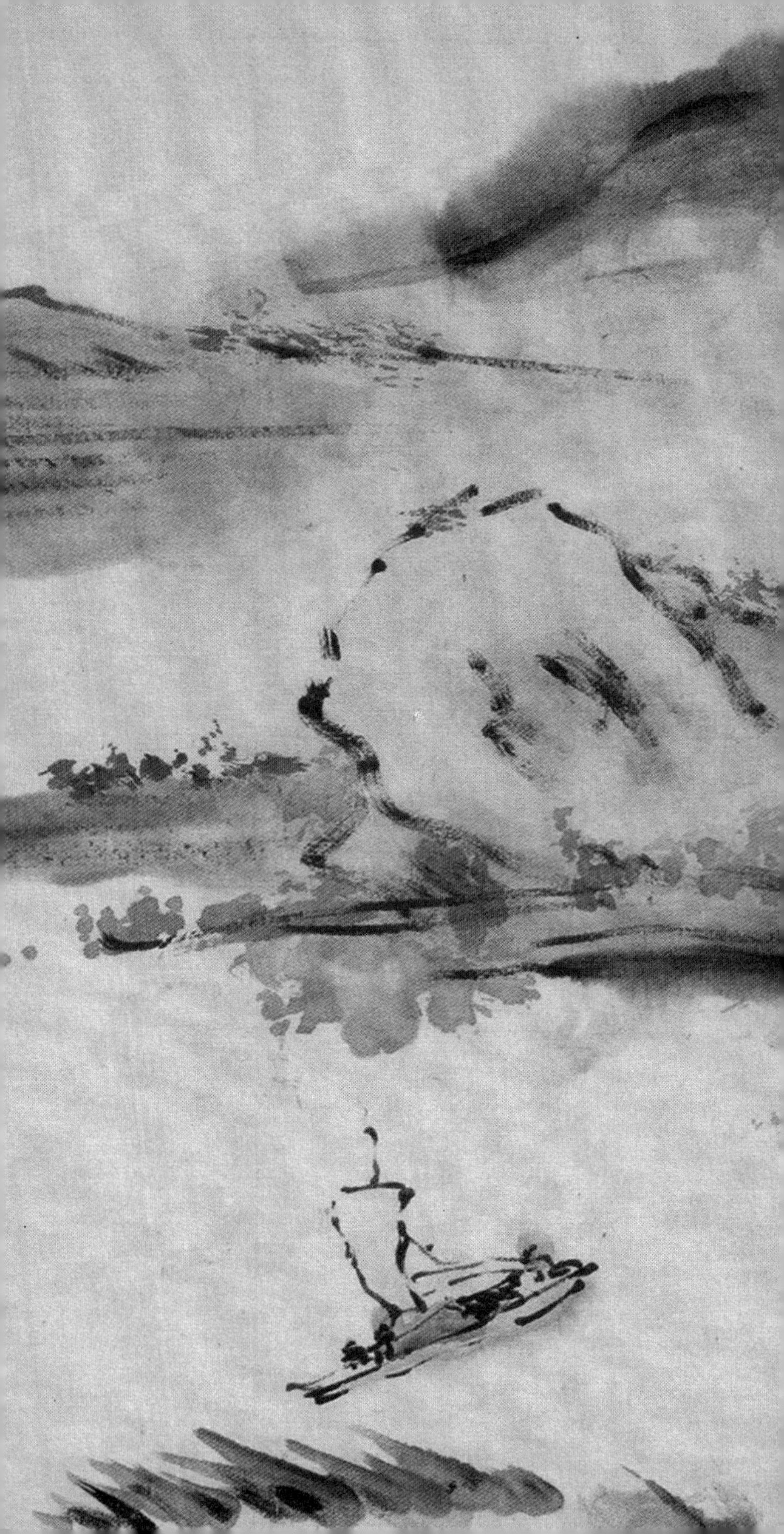

花魂畢竟非詩魂
花到秋時便凋零
此身合是詩人未
可當騎驢入劍門

致李樹喜

敏峰

辛卯年

心島无涯風為屿
江水无情山岸有情
誰人借得天边月
伴我今朝風山岸行

風屿

啟峰

雲岡石窟天下聞鬼斧神
工中华魂千年風雨歷
劫难佛像猶存三萬
尊

云岡石窟

辛卯春

敏峰

不惧飞沙谁在依画大漠孤烟
长河落日窟内菩萨续续都
无价我援你烟雨书。落日作砚
笑展长空为纸的这就把丝锦
画

梦中吟

敢峰

壬辰年夏夜

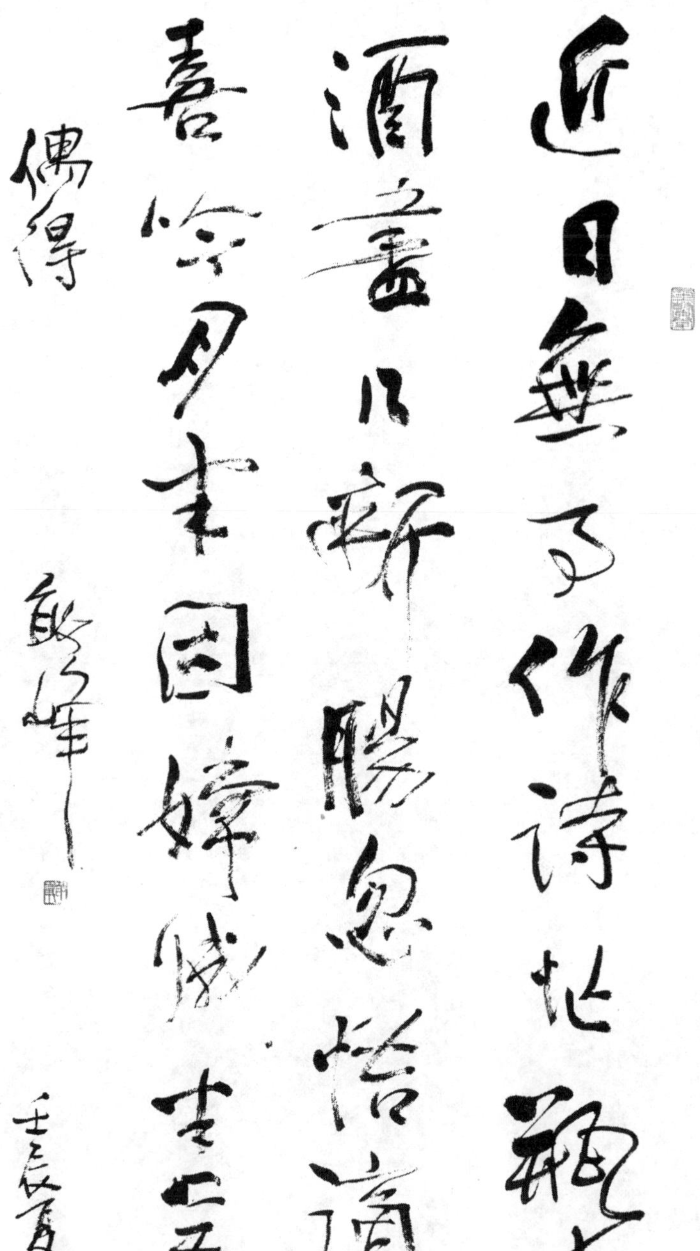
酒盡八斤腸忽憶謫仙
偶得
壬辰夏

非如廣場放紙鷂天雷無
雨不逍遥偏是河邊雨住
日海遥更比風浪高

海遥

敏峰

壬辰夏

年已八十始學書，羣揄已晚有勝無。
攜將撇捺難入矩，不按葫蘆畫葫蘆。

學書法

[illegible]

人生八十始再活二十余年休悵日
西落皓月正中天摘星更
比追日好化為灯火献人
间 八十抒懷

敢峰

平生只追仙鬼神皆不沾至
善至美处定是真真巅酒中
有仙境请君切莫贪大家
共举杯相携上九天

祝酒辞

辛卯中秋

欧峰

春日放歌須縱情
夏日蔭濃思浮沉
秋日天高當望遠
冬与梅花比精神

四時歌

辛卯秋

敢峰

皆言秋光好天高
芳與倫孰知秋心苦
掩淚邀月明

中秋有雨
敬峰

壮心猶在豈悲秋登高江山入畫圖黃葉落盡氣更爽莫把征帆當歸舟

秋吟

辛卯年冬書

啟峰

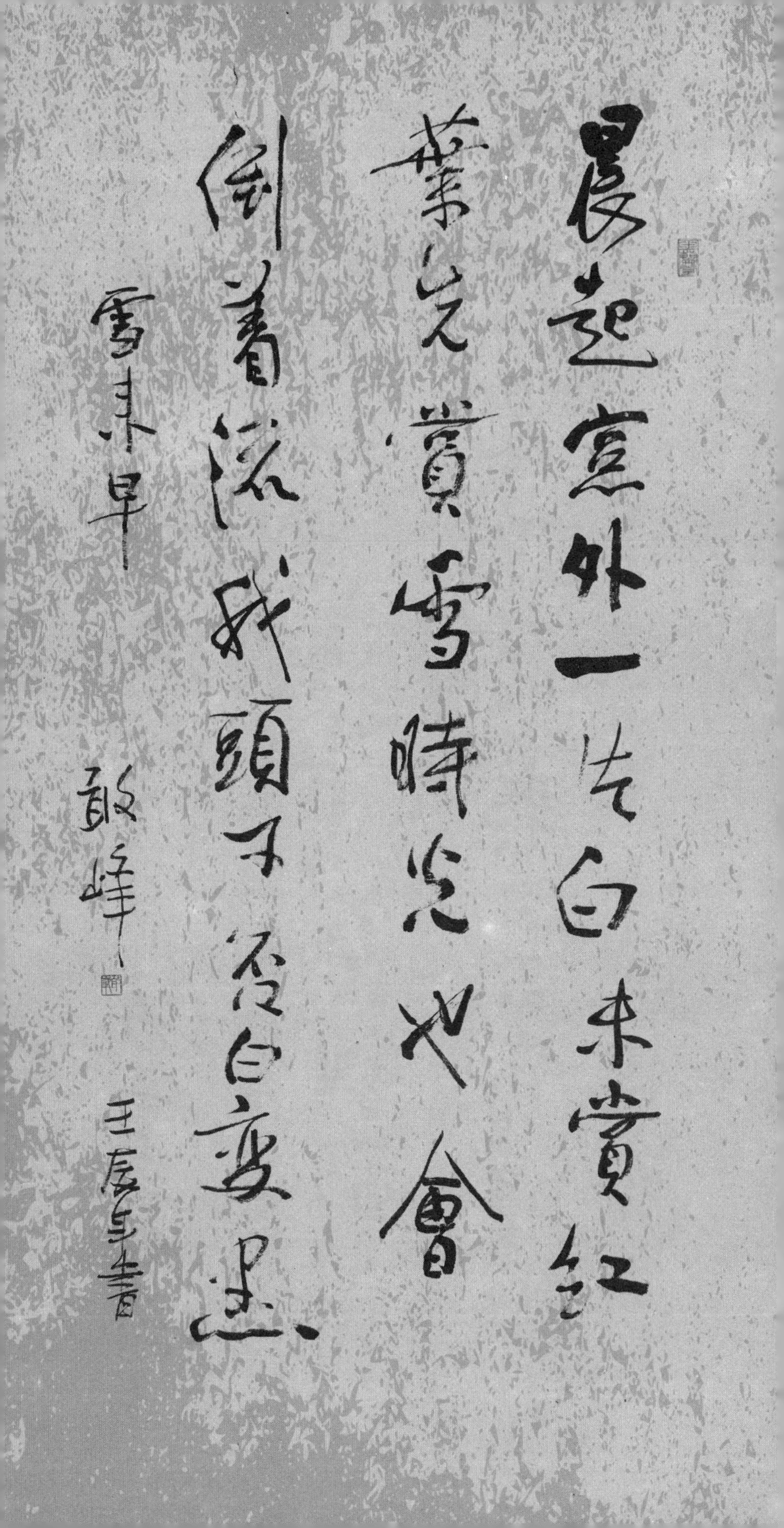
晨起窗外一片白未賞紅
葉先賞雪時光也會
倒着流我頭了否白髮還
雪來早
敬峰
壬辰年書

云镜纸碧名天下历经风雨
更娇娆迷失千年谁敢识
不谓紫窑又紫窑
悟见紫窑瓶
敢峰

天人宛共语互答此其时渔歌莫唱晚月上近屋迟

渔歌

敢峰

壬辰年

白天居家如笼鸟梦里觅
家不得归乡似天去[illegible][illegible][illegible]
事事处处皆相违
同天
聪伟
[illegible]辰秋书

瓜架结个大葫芦大肚便
便似尊佛一度向葫芦求
仙药谁知比我更糊涂

葫芦

郎峰

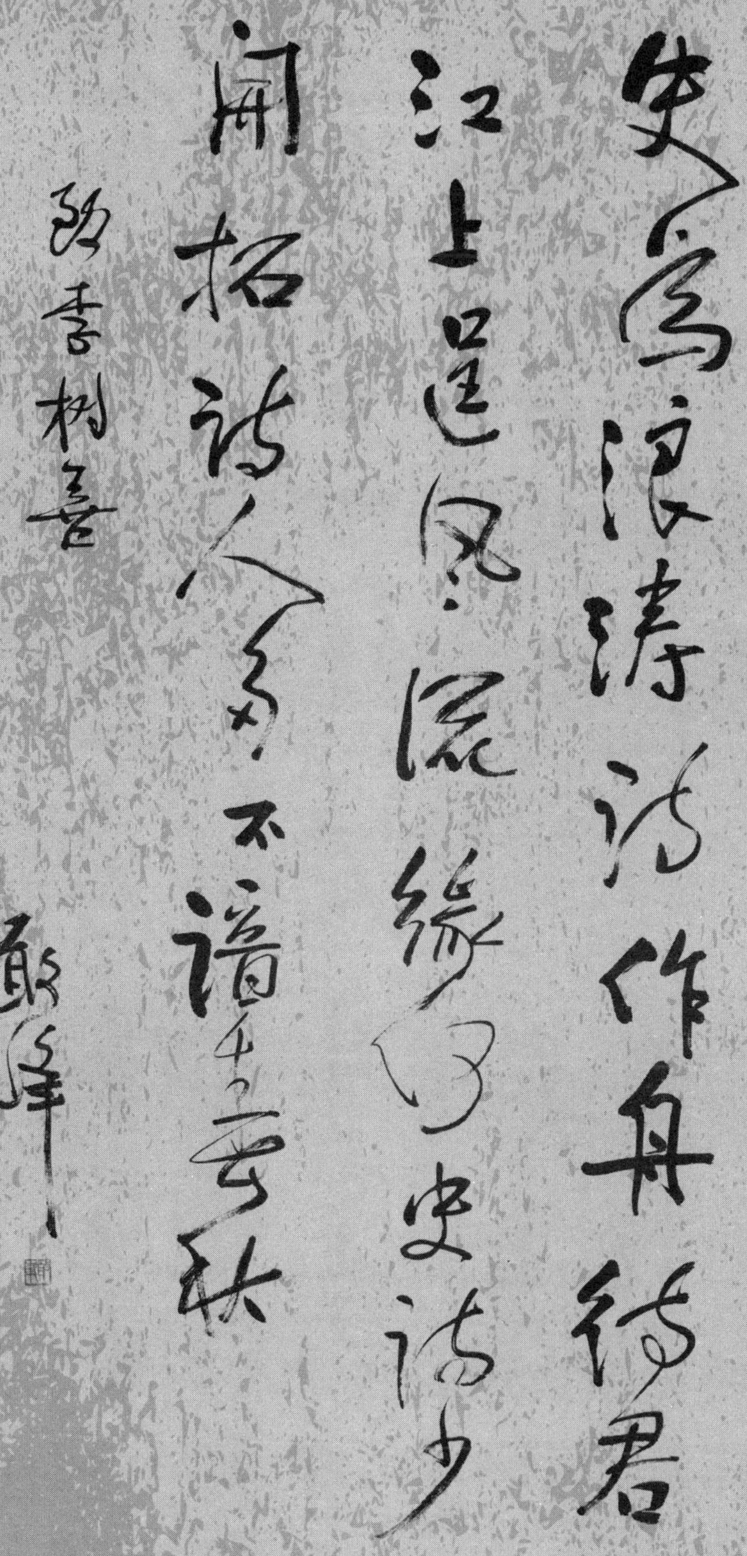

史为浪涛诗作舟
江上
开拓诗人气不
致李树喜

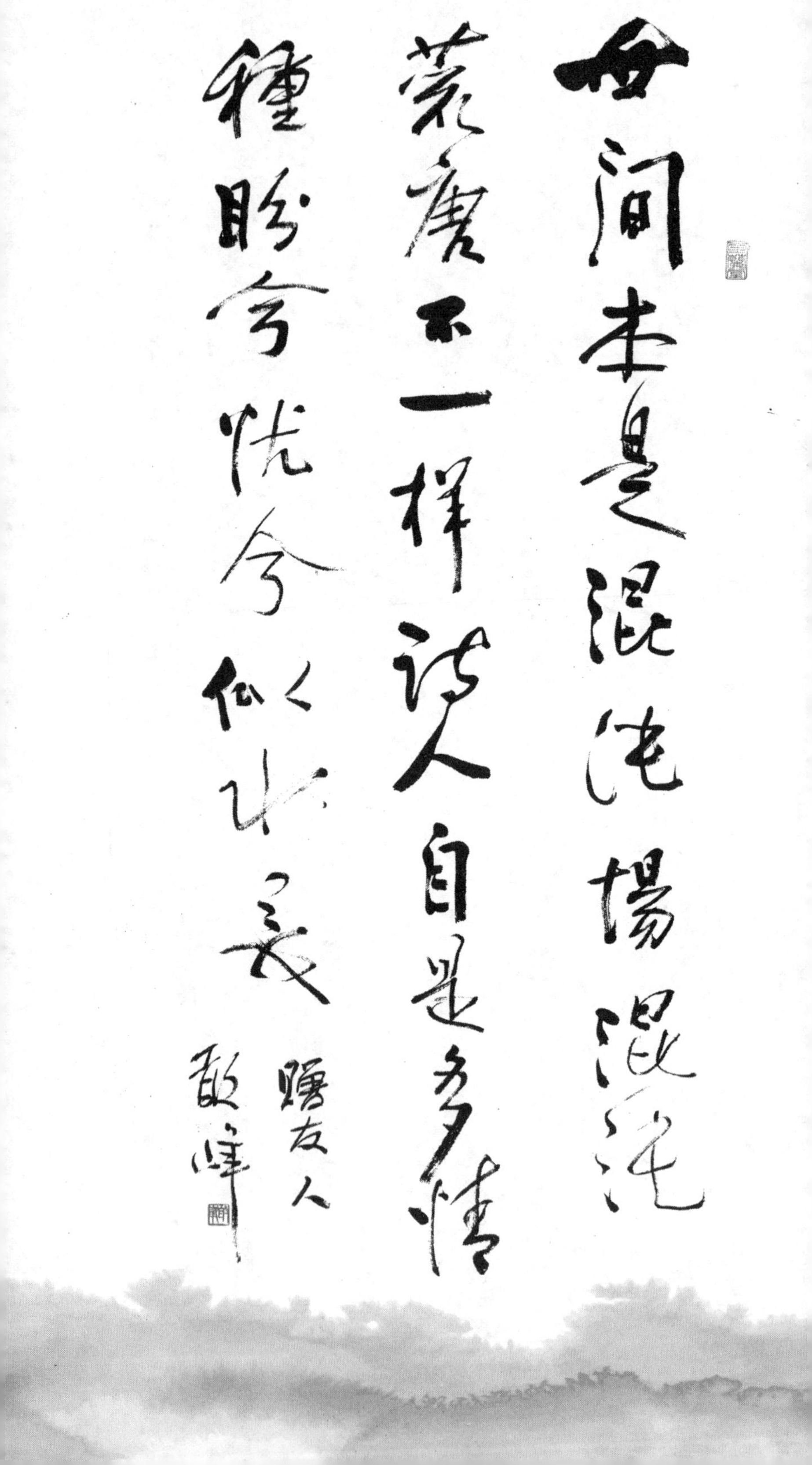

世间本是混沌场混沌
荒唐不一样诗人自是多情
赠友人
敬峰

居凡非凡樵飛花天何須
磨刀鋒出詩笑东籬去菊
懶為南山心忧生民非為
陶潛

评村居

敬峰

壬辰吉日

收詩更要趁春時天地
不知我又知春事便春言
種種草原來秘草兩三藏詩

和種草詩

壬辰

敢峰

閑忙乃真忙老來搶時
光種草懶種樹一天詩
風行

李下阿詩

政峰

壬辰秋日

羨君旋又雁蕩行天月
潭分兩不分印證仙境
入佛境便脫凡人變
真人

和雁蕩山詩湘

敏峰

壬辰夏

幼羡名山与大川其中便
有雁荡山三峡漓江穿船过
秦山雁荡梦来闯冲天空有
双飞翼折翅非在云水间最
是山高数月小天多难作潭潭月闲

峰敏